U0123106

# *Bangas*

陳耀昌

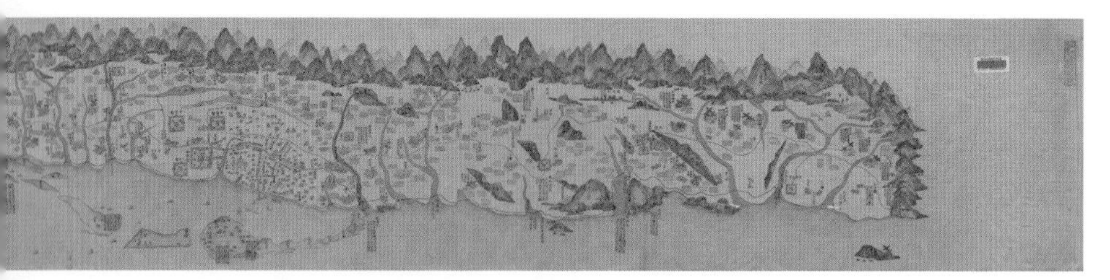

台灣番社圖 · 台灣圖書館 提供

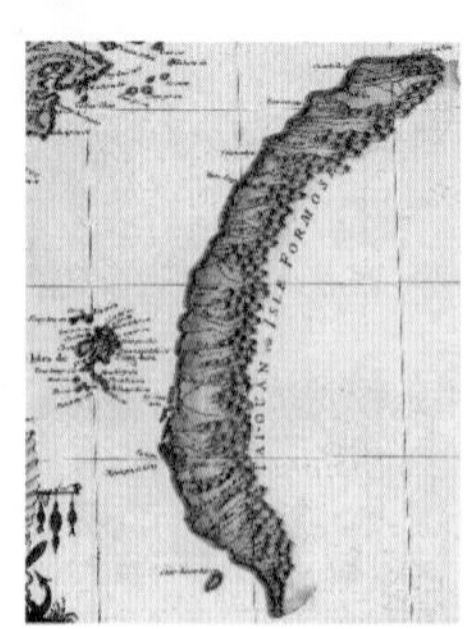

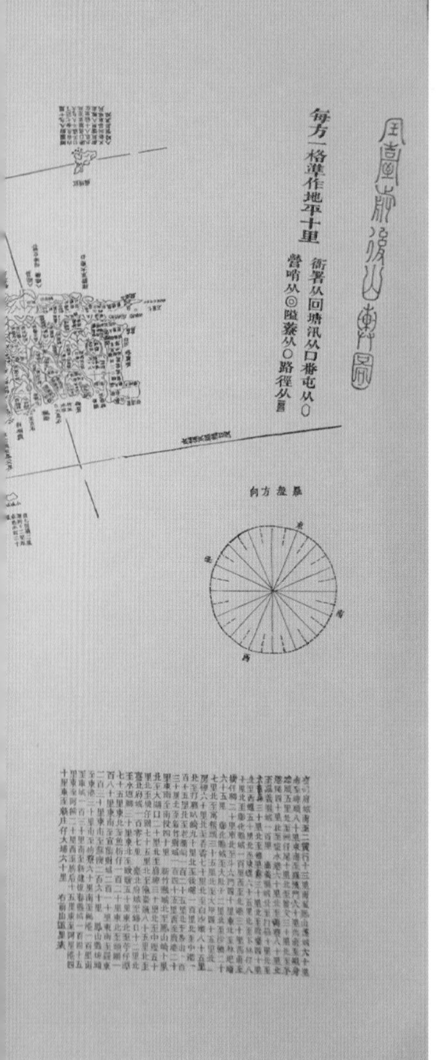


台灣後山輿圖 | 陳耀昌 提供 |

開山撫番後五年，1879 年，台灣道道台夏獻綸為大清製作出第一張包括後山（「台灣後山輿圖」）的台灣全島圖。

在此之前，不論外國人所繪之清廷台灣（西元 1735）或清廷自繪的台灣地圖（乾隆 40 年，「台灣番社圖」），均不包括後山，並有土牛紅線或隘勇線明確顯示番界。1875 年之前的台灣是漢人移民與高山原住民分隔的兩個台灣。

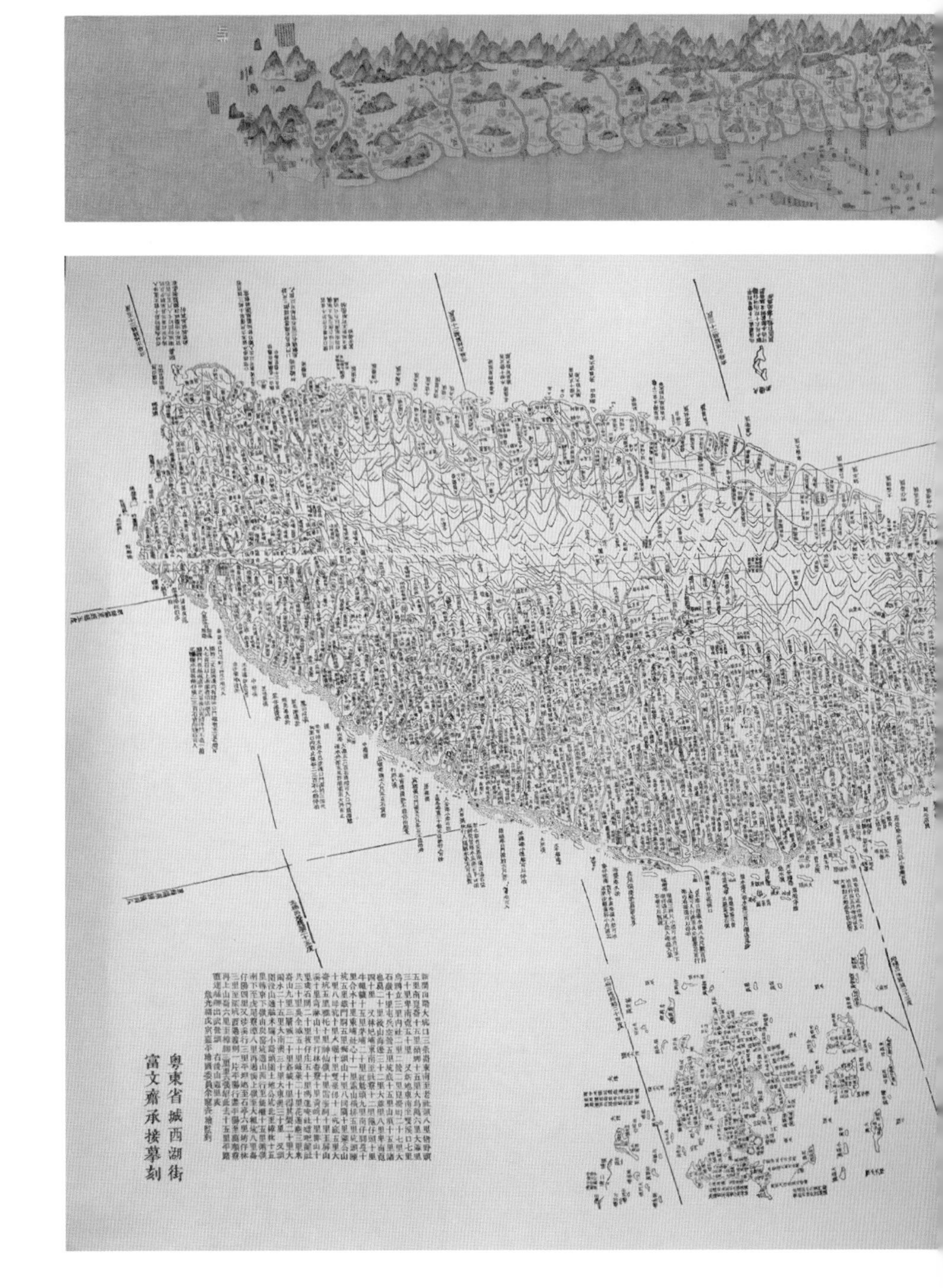
粵東省城西湖街
富文齋承接摹刻

夏獻綸「台灣後山全圖」之部分放大。包含本書三個事件發生地：
A：加禮宛事件（加禮宛、巾老耶 / 撒奇萊雅、水璉）
B：大港口事件（奇密、納納、阿綿）
C 1 ：大庄事件（ 谷的大庄、水尾、璞石閣，卑南的寶桑、呂家罔社）
C 2：劉德杓逃亡路線（由新開園經網綢，越過中央山脈到西部雲林）

1875 年（光緒元年）「開山撫番」前，清代台灣行政區圖（瑯嶠及後山均屬「治理不及之化外之地」，事實上，為兩個台灣，漢人國家體制的台灣／平埔台灣與高山原住民部落體制的台灣）

｜中山大學 葉高華教授提供｜

左圖與右上：今之奇美村景觀，及保留下來的部落瞭望台。
右下：到奇美村中途之秀姑巒溪，兩旁為台灣東部海岸山脈。當年引起大港口事件，奇密、納納、阿綿阿眉族被吳光亮強迫開的山路，拓寬後就是現在由瑞穗到豐濱鄉（花 64 線）的公路。｜陳耀昌 提供｜

在奇美文物館內，昭和 11 年的「奇密公學校卒業記念」（有狗）到了昭和 16 年被日本人改名為「奇美公學校」。此後奇密社（奇蜜）乃變為奇美。
｜陳耀昌 提供｜

協天宮位於玉里鎮，光緒元年（1875 年）吳光亮所建，為當地大廟。吳光亮之弟吳光忠的「後山保障」匾額高掛，因焚香煙燻，已有點難以辨識題款文字。

｜陳耀昌 提供｜

靜浦國小操場北側是當年大港口事件發生處。1878 年，吳光亮軍隊在此處屠殺阿美族原住民。
操場右側小樹林之地區有明顯墊高，為當年吳光亮飛虎營在靜浦（cepo）之營盤遺跡。

｜陳耀昌 提供｜

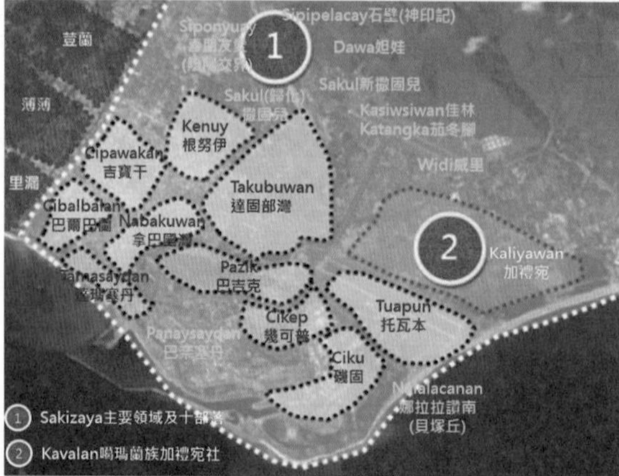

上：李來旺校長所繪之圖。戰役後，清兵殘忍凌遲頭目與頭目夫人。將頭目夫人夾在茄苳樹中壓死，而頭目則是被一片片割肉而亡。
｜財團法人花蓮縣帝瓦伊撒耘文化藝術基金會 提供｜

中：撒奇萊雅之部落分布圖，北為加禮宛，南為阿美諸部落，西為大山。
｜撒耘 繪製提供｜

下：穿越峰火 · 離散重生——噶瑪蘭族加禮宛戰役暨撒奇萊雅族達固部灣戰役140週年。
｜李育瑄 攝影 財團法人花蓮縣帝瓦伊撒耘文化藝術基金會 提供｜

撒奇萊雅的部分倖存者後來逃至馬立雲（Maibul）。馬立雲部落在今縱谷內瑞穗掃叭巨石附近，部落所在地甚為隱匿，不易被發現。阿美族有關於掃叭的巨石神話，視為「家屋之柱」，撒奇萊雅的神話則視此巨石為族之神人 Botong 的「昇天之梯」。

｜陳耀昌提供｜

清軍火燒達固部灣部落後，十三歲的 Lutuk 帶領年幼族人，到達水璉（舊稱水璉尾），重建部落。故族人尊稱他為帶路者 Sayum，乃稱 Lutuk Sayum，其照片迄今猶懸掛在水璉故居牆上。旁之照片為其子李金火。

｜陳耀昌提供｜

2016 年 1 月 19 日，作者在台北的幹細胞公司巧遇出身水璉的伊央 · 撒耘（李來旺校長二公子，右），並與公司長官合影。

｜陳耀昌提供｜

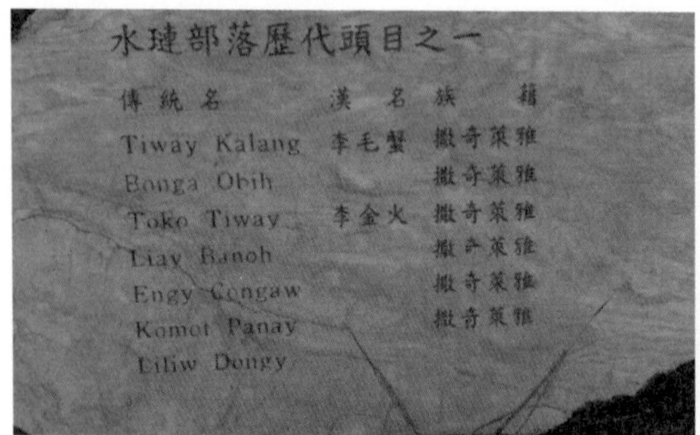

上 & 右：水璉是保存撒奇萊雅傳統及語言最卓著者，有撒族語言巨石及歷代頭目名。李毛蟹（Tiway Kalang）是部落建立者，其子李金火（Toko Tiway），其孫李來旺（Tiway Sayum）

｜陳耀昌提供｜

上圖：加禮宛（花蓮的噶瑪蘭）原在今新城花蓮機場附近，1878 年的倖存者也沿海岸逃到新社。2002 年，噶瑪蘭獲得正名，於是在新城原地域以巨石刻下加禮宛歷史。

｜陳耀昌提供｜

右圖：2007 年撒奇萊雅族也獲正名。2009 年 6 月 6 日，兩族在各自流亡隱身阿美族的 130 年後，再度結盟。

｜花孟璟攝影 自由時報提供｜

台東天后宮的昭忠祠裡，供奉夏獻綸與張兆連。一文一武，兩人是在開山撫番時期的最受東部住民懷念者。｜陳耀昌提供｜

光緒 10 年 10 月，大庄事件寶桑之圍三個月後，篤信媽祖顯靈解圍的張兆連來到台南天后宮獻匾額答謝，發願在台東建天后宮。｜陳耀昌提供｜

今台東市大同路 181 號合作金庫對面的停車場，即當年張兆連之寶桑營盤原址，被大庄平埔及卑南呂家望社圍攻十七天之處。｜陳耀昌提供｜

左：大庄事件後，清廷建昭忠祠祭拜事件中死難官員。（今瑞穗鄉富源村中正路）
右：在玉井（舊名 Tapani）北極殿（玄天上帝廟）中，嘉慶九年所立之「重修大武壠開基祖廟」石碑。

｜陳耀昌提供｜

富里鄉東里（原大庄）之平埔之公廨及阿立祖。東里平埔最近要求正名為大滿族（Taiovan，過去稱大武壠族）而非西拉雅族。

｜陳耀昌提供｜

這個小祠堂位在富里鄉萬朝溪（網綢溪）注入秀姑巒溪北方不遠處。2016 年作者去時，稱「萬姓公祠」但有「陳」，內部也明白表示祭「陳協台」，但無陳協台之名號。（在池上新開園也另有一小祠，也標以「正營主陳協台」）。2017 年再去，已整修過，改為「陳協台廟」（下圖），祠內有陳輝煌及夫人之像，與陳輝煌年表。陳輝煌是宜蘭羅東（三星鄉）之開拓者。陳輝煌在「加禮宛事件」似為重要角色。由陳協台神主牌之見於池上及網綢，應與劉德杓有關。而且陳輝煌死於 1894 年，活動範圍限於宜蘭、花蓮，應未至台東，故作者認為此陳協台應為劉德杓部將，而非陳輝煌。｜陳耀昌提供｜

2018 年 11 月 16 日及 17 日在台北市國家圖書館召開「台灣原住民文學國際研討會」。原住民雖以中文作為文學創作的文字，但文化上卻是「和而不同」！

｜陳耀昌提供｜

苦楝，又稱苦苓、金鈴子。撒奇萊雅語為 Bangas，阿美族語為 Fagas。
因諧音「苦戀」「可憐」的關係，普遍不被漢人所喜。然而，開花的苦楝
卻是另一種風貌，秀麗不亞於櫻花，故為日人所喜。
圖為板橋林家花園之苦楝樹，下圖為苦楝幼枝、花與葉。

｜中央研究院 邱志郁教授攝影提供｜

# 目錄

推薦序

# 文學對歷史的承諾

## ——陳耀昌《苦楝花》序

孫大川
Paelabang danapan

陳耀昌醫師的台灣史花系列三部曲終於完成了。第三部曲《苦楝花 Bangas》以花東為場景，敘述一八七四年至一八九六年清廷「開山撫番」政策在花蓮、台東推進的情況。一般史書都提及與此相關的三個武裝衝突事件：（一）大港口事件；（二）加禮宛事件；（三）大庄事件。因為台灣原住民各族沒有自己的文字符號系統，毫無疑問的，三大事件的始末幾乎都是以漢人文獻記載為依據，部落族人的聲音是完全聽不到的。這當然不是已陸續完成《傀儡花》和《獅頭花》創作的陳耀昌醫師所能接受的，他必須聽到族人的聲音！陳醫師在本書寫後感言裡，清楚交代了自己在田野調查中見到的人和種種令人驚嘆的巧遇。文學創作的本領，讓他有更大的空間、更大的想像力和自由，去填補文字和文獻無法記錄的聲音，從族人飄渺的口傳記憶裡，讓歷史重新說話。

和以往不同，陳耀昌醫師的《苦楝花》不是用聯貫一氣的長篇小說寫成的，它由兩篇短篇小說和一齣劇本組成。陳醫師最後決定要用這樣的形式來呈現自己台灣史花系列的第三部曲，應該有他的考量；不過，儘管如此，通讀全書之後，細心的讀者仍能在情感上或時間、空間的聯結上，清楚地掌握首尾一致的歷史整體感，這實在不是一件容易的事，或許這正是陳醫師嘗試突破的文學筆法之一。

按時間序列，花東「開山撫番」主角吳光亮的出場，是在一八七七年底一八七八年初發生的大港口事件。陳耀昌醫師因特殊的理由，認為文獻上記載大港口事件殺戮的主戰場雖然在海岸的「阿棉」、「納納」兩個部落，但「肇因者」卻是深藏在縱谷、海岸之間的「奇密」（今之奇美）部落，文字紀錄淹埋了事實的真相。為突顯原住民部落的主體角色，陳醫師將小說的重心移給了「奇密」。故事用科幻的方式敘述，若干情節和穿越時空的寫作技巧，看起來並不是陳醫師熟悉的手法，有不少破綻和勉強的地方，不過，這可能也是因為他能掌握的口述資料相對貧乏的緣故吧！相反地，寫〈大庄阿桃〉時，陳醫師似乎回到了他熟練的歷史小說寫法，許多情節的安排既合理又讓人驚奇。

整部小說分量最重、最具挑戰性的，當然是以「加禮宛事件」為背景的劇本〈苦楝花〉了。除「序曲」外，全劇總共二十六幕。從主角Kumud Pazik出生開始，一直到撒奇萊雅族正名成功舉行「火祭」，Pazik和妻子卡娜少靈魂甦醒結束，敘述了撒奇萊雅族與吳光亮大戰失敗後一一九年崩解、星散的血淚史。全劇以朗誦的方式閱讀，格外容易引人融入歷史命運的悲涼中。按陳醫師後記的說明，與〈苦楝花〉相關的田野奇遇是最多的，而其關鍵人物是已過世多年的李來旺校長（帝瓦伊・撒耘Tiway Sayum）和他的兩個兒子。藉由他們的帶引，陳醫師得以聽到撒奇萊雅族人的聲音。陳醫師還進一步指出〈苦楝花〉第十幕到第十三幕分別描述「末日前三天」、「末日前二天」、「末日前一天」、「末日之日」頭目Pazik的部分吟誦詞，其實是李來旺校長的祖母Lutuk Sayum口述後，校長記下來的。陳醫師說：「這些文字太神聖了，我將之一字不改運用到書內。」這個聲音，這個撒奇萊雅老人說的話，比文字更有力量！我和李來旺校長是舊識，一九九〇年代初，我們曾一同有過愉快的雲南之行。他精通阿美語，有強烈的民族意識，非常會說笑話，每一場演講都能句句扣人心弦。一九九四年他將北富國小正名為「太巴塱國小」，是原住民地名、校名復原的先聲。李校長說：「太巴塱」倒過來唸，漢人會覺得很威風。二〇〇〇年起，我在東華大學任教，我們有了更多相處的機會。二〇〇三年七月他心肌梗塞的當日清早，我們還一起共餐，延續前一晚說過的笑話，並約好他去為花蓮縣長候選人謝深山站台演講後，再回來東華大學，不料一去竟成永別。他晚年推動撒奇萊雅族正名和文化復振的工作，最後由他的兒子和年輕族人繼續完成。我在閱讀〈苦楝花〉的同時，李校長的影子處處浮現，文學的想像和個人記憶交織、重疊，歷史成了我內在的事。多年前我曾支持台東大學音樂系編排演出了一場大型的原住民歌劇〈逐鹿傳說〉，蔡盛通教授作曲、董恕明教授填詞，這是我們原住民社會比較不習慣的表演形式，頗引起討論。陳耀昌醫師此一〈苦楝花〉劇本，將來若也能以歌劇的方式演出，其張力一定可以造成更具震撼性的效果。

閱讀完陳耀昌醫師整套花系列三部曲，不難發現：從台灣原住民的經驗來看，直到日據時代以前，原住民根本沒有國族認同的想像，其認同的邊界僅止於「部落」。後來日本政府雖藉由人類學的方法，完成了原住民族群識別的分類，但跨越「部落」的「族別」認同，依然是極為鬆泛的。這不但可以從霧社事件爆發時，同屬賽德克（Seediq）的德克達雅（Tgdaya）和都達（Toda）不同立場的選擇看出；同時也可以說明二〇〇〇年後泛泰雅系（Atayal）族群，陸續正名分出泰雅、賽德克和太魯閣（Truku）各族的原因。從這個角度看，習慣於國族敘述的漢人歷史思維，是很難真正理解原住民認同構造的。《傀儡花》、《獅頭花》的歷史場景是如此，《苦楝花》裡各部落的利害關係也是如此。直截了當地說，除非我們打算願意正視原住民的存在，否則荷西、清領、日據到中華民國國族框架下的歷史建構，根本無法反映台灣歷史的本質、真相與全貌。一個根基不穩、偏枯且沒有源頭的國史敘述，怎麼可能建立真正的國家主體性？從《福爾摩沙三族記》一路寫下來，陳耀昌醫師的歷史小說創作，似乎一步一步將他帶引到一個愈來愈清楚的結論上，他說：「原漢關係的重要性絕不亞於兩岸關係！」能突破現實政治的重重迷霧以及漢人根深柢固的文化偏見，重新設定台灣歷史的走向，這應該是陳醫師寫作當初，完全沒有預想到的結果吧?!是歷史引導了文學？還是文學照亮了歷史？可以肯定的是：「台灣感恩節」的提議，是歷史結合文學引發的心性召喚，也是陳醫師對台灣未來的想像。它的本質是文學的，我雖充滿期待，但因歷史現實的教導，終究不敢太樂觀。

二〇一九年六月十日

（本文作者為監察院副院長）

推薦序

# 想像多元回憶的神話

## ——閱讀陳耀昌醫師的新作

李弘祺

陳耀昌教授是一個有進步觀念、又有愛心的醫生，他在專業上的成就台灣先驅。陳教授又是一個充滿精力的社會活動家，抱懷上醫治國的理念，行若先知，心越千仞的智者。他又是一位視野廣闊，能右手行醫，左手著述的歷史作家。他不只知交滿天下，不必市義，就可以呼喚市井之民，成就非凡的事功，更能說大人而邈之，取信君子，使鴻儒言計聽從。

所以排隊希望能在陳醫師出書時寫序的人不絕於驛，簡直不可勝計。

也因此，當他找我替他的新書寫序時，我真的是驚喜若狂，即刻答應。因為我知道如果不馬上承允，那麼一定會很快被他人替代，所以竟然連書稿都沒有看，也不管期限非常短促，急忙中就攬接了下來。

我不用在這裡覆述陳醫師所寫的幾本引人的書的內容。這些書是關心台灣文化以及原民歷史的人必讀之書。他們的重要性就是把一些我們大多數人所忘記的、不重視的、教科書不教的故事用嶄新、有趣的小說體把它們再現到我們的眼前，讓我們在記憶中替它們找到合理的空間，並讓我們深刻地思考，什麼是歷史與文化。作為一個學歷史的我，這本書中的三次戰役（一八七七年大港口奇密等社的阿眉族人被屠殺事件；一八七八年加禮宛港的撒奇萊雅族被屠殺滅族的戰役；一八八八年的大屠殺戰役），我過去不僅完全不知道，更談不上了解他們的意義。這一次讀了陳醫師感人的小說和史詩般的劇本，我才得到了一個逼真的擬似（virtual）了解。毫無疑問的，最重要的不外就是這些作品使我們看到台灣東部開發過程中所展現的人性光輝，這種光輝在被欺壓詐騙的原住民生活的生命哲學（例如「分享」而不是競爭）中顯得特別的閃爍動人。書中所展現用愛和犧牲來保護為族人的生存和文化是那樣的高尚和純潔更令我每每掩卷而嘆息。不是我同情他們那麼的簡單，而是我感受到為人的尊嚴就是那麼的切身而真實，那麼的「普世」，是每一個人心中的良知與良能，自然的知識。陳醫師的作品所以引人就正是因為它是基於同理心，是基於我們都希望回去到那個自然而然的真理，和那個顛撲不破的純真世界。不管是東台灣今天只剩九百人的撒奇萊雅族人，或者是新的東南亞住民，或者是台系漢人。我們都同樣具備有那種高尚和純潔。歷史雖然是自成一格的記憶的反省，但是歷史也是具有共同人性的可以會通的遺產。這就是陳醫師這本書給我的第一個印象。他一系列的作品都在宣示這個信念。

是的，陳醫師的讀者當然不限於那九百個族人。他的讀者是那複雜而卻井然有序的多元台灣，乃至於世界。我記得兩年前的一個下午，我在家裡讀陳醫師的《傀儡花》，正好有一對守望台（Watchtower）的傳教夫婦來訪，我們談到了美國和台灣的種種關係。這對夫婦當然完全沒聽過什麼「荷蘭公主」，更不知道美國與台灣的原民早在一百五十多年前已經締造了外交關係，簽了從美國的立場來看，是一份國際條約。他們驚奇之餘，就問起《傀儡花》有沒有英譯。啊，我何等的希望陳醫師的書能翻譯成為英文，乃至於其他的外國文字（很高興已經有下村作次郎的日文翻譯，今年九月會出版）！所以，陳醫師的小說是面向世界的，能在多元的文化裡讓人人都激動跳躍的「酵母」（耶穌說：「天國好比酵母，一個婦人拿去拌在三斗麵裡，使得整團麵都發了酵。」）美好的多元文化就是依賴這一個最單純而完美的DNA持續與周遭的生命環境相互交流，從而茁壯的「理一分殊」的生命。用赫德（Johann G. Herder）的話來說，這就像一個英吉利花園：凡爾賽宮的花園固然齊整，但是每五十尺種一棵樹，這個小孩子就可以做到（Alexander Pope語），哪像那個合自然與多元為一的英吉利花園，富麗堂皇乃不足論，豈堪與繁複而美不勝收相比。這不正是用加禮宛故事作為酵母所帶給我們的反省，帶給我們的認識麼！多元文化是何等美好，又何等壯麗（brave）。

陳醫師的書希望理清記憶和歷史。他用的是記憶：少數人微不足道的經歷和記憶。但是他書寫記憶的背後是要闡述歷史。記憶是小說或史詩（《苦楝花》）的素材：是神話，是沒有經過解釋和反省的傳承。歷史是教育的元素，用來建立國民之間交流的基礎。陳醫師的小說或史詩有神話的特色，「記錄」了很多的故事，甚至於利用所謂「虛構」（更好的話應該是「想像」imagined）的人物來述說沒有過濾的記憶。這樣的作品引人入勝，讓我們知道「what had happened」（發生了什麼事）。但是陳醫師有一個重要的使命，那就是讓這些小說同時得到解釋，好「發明」或「再現」十九世紀的「開山撫番」歷史。顯然地，這個使命是沉重的，而它的展現則是燦爛的。用一句看似簡單的哲學話語來說：「凡發生的就是合理的」（黑格爾的名言）。但是什麼是歷史的理性？陳醫師告訴我們：就是必須經過批判和反省，建構合乎時間長流的目標的知識。大師告訴我們：過去一百多年來的台灣「歷史」其實不是「歷史」，而是「迷思」，是不合理的，連「神話」也不是。因為「神話」的核心是可以讓人們認同的真理。神話是合理的歷史，而歷史則是人們不斷反省而認同的神話（就好像小說才是真正的歷史一樣）。是的，陳醫師的使命是沉重的，而它卻又是那麼一個難以承受的「輕」（unbearably light）。因此，大師得以遊刃有餘，寫出駕輕就熟的美麗篇章。在台灣史的研究中，陳醫師不僅吸收了當前研究的成果，並且鉅細靡遺地用小說、史詩、戲劇，不，神話，把它們娓娓地細述給我們知道。

陳醫師還有一個小小的心願：那就是在台灣設立「感恩節」，因為台灣前前後後來到的許多新移民，新台灣人，都欠原住民一個公道。用陳醫師的話來說，這就是：因為這些後來的移民的誤解或偏見，所以我們不知道，更未能珍惜原住民們的「獨特而與大自然完全結合的文化與價值觀」。這個想法遠遠超過了當年清教徒邀請原住民會餐，以表示感激的簡單「回報」的為人之道。這是一個文化的宣示，要我們在節日以及在節日之外，必須不斷地反省這塊土地的原始意義：它是獨特的，而又是與自然合一的。許多中國漢人雖然都知道「天人合一」的口號，但是對於自然卻不斷地摧殘，認為它是中國人面對政治分配不均時，用來補充生活需求的物資來源。現在是重新反省台灣所有族裔所應該有的世界觀和生命價值的時候。我們應該記得我們這個被蔚藍海洋和青翠山林所包圍的自然環境是如何在不斷地呼叫我們回到他的懷抱裡去。「感恩節」是一個共同擁抱文化價值的紀念日，紀念島嶼最原先的DNA所萌發的恢宏胸襟，以及對這塊由原住民首先看護及照顧的大地的誠摯感謝。每一年，我們要再一次聆聽原住民神話的悸動，記住這塊大地所帶給我們大家共同的祝福。

陳醫師是我的學弟，但是他在學術上，寫作上都遠遠超過我的貢獻，我每一拿起他的書，便會覺得人生苦短，會覺得不如沉醉；然而，午夜夢回，驚聞秋聲，就不能不嚴肅地對待這一切又大師描繪的史詩和歌聲。於是只好暗中嫉妒，認真地寫一篇讀書報告。不足之處，幸無罪我，是所至望。

二〇一九年端午之日於台北旅次

（本文作者為美國耶魯大學歷史學博士、紐約市立大學退休教授）

推薦序

# 擦亮後山故事／歷史

浦忠成
pasuya poiconx

臺灣省文獻委員會編印的《臺灣史》第七章〈清代之治臺〉第七項「撫番諸役」第六目「奇密社之役」：

光緒三年，後山駐軍統領吳光亮，開闢自水尾至大港口道路。附近之奇密社不服，殺總通事林東涯以叛。八月，吳光亮以營官林福喜往彈壓，抵烏鴉立社，中伏潰敗。奇密社番與大港口南岸之納納社番南北相應，勢甚猖獗。乃急調北路統領孫開華率臺北府兵二營；臺灣鎮總兵沈茂勝率臺南府兵一營，及臺灣知縣周懋琦率礮隊，分海陸增援。十二月，援軍齊集，合力進剿。[1]番不支，乞降，許之。

第七目「加禮宛社之役」：

光緒四年正月，商人陳文禮至加禮宛墾田，為番所殺。營官令以金、穀慰死者家屬贖罪，番不聽，且殺傳令兵丁，與竹窩宛社謀叛。是年六月，報聞，以花蓮港營官陳得勝率部伐之，不克。乃請駐臺北府北路統領孫開華來援。吳光亮自駐花蓮港督軍。七月二十六日，討竹窩宛社；翌日，逼加禮宛社，番不支，竄於東角山，會大風雨，多餓死。老番乞降，許之。以酒、布賈其地，東至加禮宛溪，西至山，南至荳蘭，北至加禮宛山。凡荳蘭溪以北為官地，南為番地，各事開墾，勿相侵凌。改加禮宛為佳落，竹窩灣為歸化；番悉服命。②

① 連橫《臺灣通史》卷十五〈撫墾志〉：「（光緒）三年，奇密社殺總通事林東涯以叛。八月，統領吳光亮檄林福喜往討，不克。乃自將，合孫開華、羅魁、林新吉之兵伐之，番降。約以明春各獻米一擔，至期果至。光亮命閉門，屠之，濺血聲喧，死者百六十有五人，僅餘五人幸免。自是遂弱。」

第十一目「臺東之役」：

光緒十四年六月，有大莊（庄）客民劉添旺，委員雷福海者，徵取田畝清丈單費嚴急，民、番胥怨；又拘辱其婦女，眾番忿；遂叛。殺雷福海而毀其屍。襲破水尾房營，殲弁勇，劫掠軍械、火藥而南。七月，糾合呂家望社生番，焚毀臺東直隸州衙門，圍攻駐軍統領張兆連營。……時北洋大臣復派海軍統領丁汝昌以艦來援，艦礮可遠及番社，炸殺甚多，番懼乞降，許之。

這是與陳耀昌醫師「台灣史花系列三部曲」末部《苦楝花》三篇〈奇密花〉、〈苦楝花〉及〈大庄阿桃〉相關而被記載於史書的文字。全然以漢人官方的角度敘述其與阿美族、噶瑪蘭族、撒奇萊雅、大武壠族與馬卡道族之間戰爭的敘事。在這些漢人作者的描述，那些造成部落嚴重傷亡或導致部落瓦解、族人失散甚至族群滅絕、語言文化消失的戰爭，都原始都遭到扭曲，再以輕描淡寫的手筆賦予霸道、栽贓式的歷史注腳：開路，奇密社不服，殺林東涯以叛，番不支，乞降，許之／商人陳文禮至加禮宛墾田，為番所殺。營官令以金、穀慰死者家屬贖罪，番不聽，且殺傳令兵丁，與竹窩宛社謀叛。番悉服命／徵取田畝清丈單費嚴急，民、番胥怨；又拘辱其婦女，眾番忿；遂叛。炸殺甚多，番懼乞降，許之。

開路墾地，侵入別人的領域，或者是強徵苛刻的土地清丈費用，欺負部落婦女，這些事情，凡有血氣人性者遇上，任誰都要義憤填膺！林東涯、陳文禮、雷福海之流，在部落流傳的敘事都是仗勢欺人的惡棍，官府不僅不去懲戒、驅離，還放任其惡行，難怪要引起怨怒。至於如吳光亮等人的集體屠殺、凌遲毒計，以及以艦礮轟擊部落的行徑，有的史書刻意抹消，所幸當年自劫難逃脫者的敘述的口碑依然傳續，可以核對漢文紀錄的真偽。

陳耀昌醫師在《苦楝花》敘寫的故事，就是由歷史地點的踏查、相關人物的訪問逐漸形成的敘事架構。陳耀昌醫師以三種截然不同的寫作模式完成三篇不同歷史

---

② 連橫《臺灣通史》卷十五〈撫墾志〉：「（光緒）四年春正月，商人陳文禮至加禮宛墾田，為番所殺，營官命贖罪，不從，且殺兵丁，與竹窩宛番謀叛。報至。六月，陳得勝帥新城之兵討，不利。光亮自將，以張兆連自花蓮港，列風順自吳全城，吳乾初自六合莊，吳孝祿自農兵莊，劉國志自濁水營，進兵合剿。七月二十六日，攻竹窩宛，破之，乘勢搗加禮宛。番不能支，竄於東角山，會大風雨，多餓死。」

的表述。〈奇密花〉以一個現代女性研究者在偶然的夢境回返／進入大港口事件中吳光亮設計屠殺阿美族人的現場，在參與／陪伴／窺視的情境中，親睹／再現流傳在阿美族部落的自主敘事。〈苦楝花〉作者自言是模仿莎翁劇作的筆法，藉由噶瑪蘭族加禮宛社及撒奇萊雅族達固部灣社領袖（頭目）、青年領導者等的對話、情勢演進的敘說，以二十六幕呈現噶瑪蘭、撒奇萊雅兩族對抗清軍以至敗陣、逃離、失散百多年後，終於再凝聚的歷程。詩行排列的白話文辭，卻能有凝鍊、緊湊的表意效果。〈大庄阿桃〉以一個女性的角度觀看部落以及族人（尤其是男性）如何面對清代官軍的跋扈與地方官吏的醜惡行徑。再去看看局勢改變後，原本魚肉族人的清朝官兵們在遭部落戰士與日軍追殺時的狼狽。她的牽手勇仔也跟著部落的男人一起襲擊清軍兵營、官署，卻沒能保命回來。後來靠著項鍊，阿桃知道了勇仔最後的結局，也因為它而讓她願意收容離鄉背井的湘軍落地生根。〈大庄阿桃〉敘說自西部翻山越嶺來到東部縱谷尋找新居地的平埔族群如何想辦法生存的故事，在在展現女性的堅強與包容能量。

陳耀昌醫師靠著精準的觀察，以及他自言的好運氣，完整彙集了這些史事的部落觀點與在地說法。他確實也找到、遇到了跟這些史事具有關鍵意義的人物，得以更好佐證他故事／歷史的信實。所幸陳耀昌醫師的努力尋訪，讓這些故事／歷史再次被擦亮。奇美／奇密部落現在成為秀姑巒溪泛舟途中的休息點，南邊的靜埔與北邊港口部落，也是東海岸旅行者熟知的地方。達固部灣、馬立雲、加禮宛、新社等在撒奇萊雅與噶瑪蘭族陸續正名後逐漸為人所知悉。大庄／東里隱藏的故事在《苦楝花》中也被揭露了。陳耀昌醫師這本《苦楝花》應該可以讓行遊東部縱谷與東海岸的旅人得以增添更多歷史／故事探索的興味。有此榮幸得以先讀，謹以感謝、感動的心情作此序文。

二〇一九年六月六日 寫於壽豐

（本文作者為東華大學原住民民族學院院長）

# 第一部

# 奇密花

朱小君一天之中兩次得到旅遊的邀約，真是心花怒放。

上午，她在研究室，她的碩士論文指導老師在接了一通很長的電話後，告訴她：「一位廣東著名大學的歷史系教授來電，明年要在吳光亮的生日，在吳光亮故鄉舉辦一個吳光亮研討會。如果妳確定妳的研究題目是花蓮開發史，吳光亮是一個重要的人物，妳考慮一下要不要去。」接著又自言自語地說：「奇怪，吳光亮是一八三四年生的，明年二〇二〇，吳光亮一八六歲，不是二百周年也不是一五〇周年⋯⋯」

她知道吳光亮。唸台灣史的研究生無人不知吳光亮。一八七四年沈葆楨開山撫番，是台灣史的里程碑。開山，就是闢了三條山路，貫穿大山，到達以前難以到達的後山。這三位將領北路羅大春，中路吳光亮，南路張其光，從此名留台灣史。中路大約就是現在的「八通關古道」，由竹山（舊名林圮埔）到花蓮玉里（舊名璞石閣）。

八通關古道現在仍是許多登山者之上選路徑。但除了這個，有關吳光亮，她知道的就不多了。

好巧，當天晚上，她和男友吃飯，男友說，要給她一個可以永遠回憶的生日禮物——到秀姑巒溪去泛舟。男友興沖沖告訴她行程的安排：先到玉里過一夜，第二天早上搭火車到瑞穗。午飯後泛舟，大約一點半開始，自瑞穗大橋到秀姑巒溪出口長虹大橋。河段二十二公里，航程三至四小時。然後晚上在靜浦當地找一家民宿住，第三天早上去花蓮，再遊太魯閣。

她高興極了，拋了一個飛吻給男友表示滿意。男友是玉里人，兩人都在台中唸大學。她去年考上了歷史碩士班，男友則是另一所醫學大學附設醫院住院醫師。交往近一年，她還沒到過男友家，也沒有去過玉里。她心中暗喜，她男友似有帶她見公婆的意思。

她完全未曾到過花東。她決定以花蓮的開發史為研究論文，只因為男友是花蓮玉里人。她本身是彰化人，對東部完全陌生。

男友聽到她明年要到「吳光亮研討會」，很高興地說：「那太巧了，我們玉里有一所大廟，和吳光亮兄弟好像頗有淵源呢！」

「我早知道啦。你們玉里是當年開山撫番中路，八通關古道的終點呢！有吳光亮的一些遺址是必然的。他弟弟叫吳光忠，光緒二十一年乙未之戰時仍戍守東港，準備抗拒日軍。胡適的老爸胡鐵花在日記中也提到他。呵呵，我台灣史可不是唸假的！」男朋友作勢向她敬了一個禮。

老師既然要帶她去，不會沒有工作分配下來。於是她上網買了一本《吳光亮傳》，是台灣省文獻會一九九四年出版的，屬於「台灣先賢先烈專輯」，作者是一位文獻會約聘研究員。

這大概是台灣最詳盡的有關吳光亮的記述了。作者是竹山人，竹山正是「八通關古道起點」。小君不禁啞然失笑，真巧。這位作者因成長於八通關古道起點，而對吳光亮有興趣；她因男友成長於八通關終點而對吳光亮有興趣。這本《吳光亮傳》她匆匆讀過，她印象最深的是吳光亮光緒元年開通八通關古道，後來在光緒三年，有個「納納、阿棉事件」；光緒四年，又有個「加禮宛事件」。

「加禮宛事件」她略有所聞，「阿棉事件」則不太清楚。看了《吳光亮傳》的描述，又找了地圖（見夏獻綸之「台灣後山輿圖」）來看，才有一些概念。光緒三年，吳光亮在璞石閣立了大營，然後要開闢水尾到大港口的道路。沿路阿棉、納納兩社不願，於是與吳光亮打了幾場仗，各有勝負。後來吳光亮一仗殺了一百四十位原住民，終於獲勝。而且光緒四年春三月七日，清廷以攻克阿棉、納納兩社「凶番」，賞台灣道夏獻綸封典、優敍，吳光亮與孫開華等黃馬褂，寬免副將林福喜等處分，並予陣亡都司羅魁優卹。這是她模模糊糊的了解。

吳光亮在那二個「討伐」事件後，寫了〈化番俚言〉，共三十二句，每句八個字，代表了那時漢人對番人為「蠻夷」、「缺乏教化」的看法。

她嘆了一口氣。這本《吳光亮傳》就是完全漢人中心觀點，對吳光亮全部正面描述，歌功頌德。也難怪，二十年前的書了。而台灣現在已經不一樣了，漢人已知道反省，原漢漸漸往平權邁進中。

後來她又買了一本吳光亮的奏章集，也是文獻會出版的《吳光祿使閩奏稿選錄》，都是一些文言文奏章，看了大失所望，沒有去唸。

●

小君和男友先搭高鐵自台中到左營，再轉台鐵，由左營到屏東。到了枋寮，小君不覺精神一振。這就進入一八七四年牡丹社事件時所謂「瑯嶠」，或一八七五年「開山撫番」以後的恆春縣地域了。火車經過加祿站、內獅站，小君更興奮，她讀過陳耀昌的《獅頭花》，知道這裡是當年大龜文部落酋邦內獅、外獅部落大戰清國淮軍之處。那是開山撫番後第一個原住民與清國官兵的戰爭。

火車進入大武山區，這是當年大龜文的中心地區，風景絕美。小君和男友心情好High。車到大武，終於到了台灣的東海岸。火車沿著太平洋走，山勢、海景更是令人如醉如癡。過了知本之後，火車進入台東及花蓮的縱谷。荷蘭人、漢人進入東部「後山」，大抵就是這樣走的，由瑯嶠跨越中央山脈尾端，漢人說的「傀儡山」，然後抵達台東，再到花蓮。開山撫番伊始，後山全稱為「台東州」，後來把卑南大溪流域稱為「台東」，把秀姑巒溪流域分出為「花蓮」。當年花蓮是台東州的一部分，但現在卻稱為「花東」，而非「東花」了，小君想。

車過台東，開始進入卑南大溪流域。她以前沒想到卑南大溪如此雄偉，縱谷又如此秀麗。過了卑南大溪流域，進入花蓮境內的秀姑巒溪流域後，第一個大站就是玉里。現在一般台灣人聽到玉里，大概只知道這裡有個大型的老兵醫院或養老中心，而完全不了解玉里在台灣開拓史的地位。連她男友都不知玉里舊名「璞石閣」，小君嘆息著。這也是她論文選擇「東部開發」為題目的原意，「其實我也是多知道一點點而已。」她想。

男友的父母，顯然對小君印象不錯，在晚飯時與她談了許多花蓮的美景與物產。他們很好奇小君為什麼唸歷史，問小君說，唸歷史除了當國中、高中老師以外，還可以有什麼職業？男友搶著回答說，當國中老師一年有三個月寒暑假，有什麼不好?!小君笑笑，沒有說些什麼，但其實心中有些不滿，她想，豈可如此小看唸歷史的。

第二天早上，小君和男友到了「協天宮」。這協天宮，以玉里小鎮的規模，可算是金碧輝煌的大廟。當年吳光亮在光緒元年開通了現在稱為「八通關古道」到璞石閣，第二年就立了這個廟，大概是在花東最有歷史意義的大廟了。那有名的「後山保障」的匾額（見頁7），掛得很高，加上歲月洗禮及焚香煙薰，綠底金字，小君看得吃力，也無法辨出題款的字。反而是她查了Google，知道這匾是光緒七年立的。「所以是那些事件以後才立的了」，小君想。

協天宮的廟埕立有一塊石碑，小君一字一字唸出碑文，邊唸邊笑出聲。

……西元一八七五年，運會所趨，交通首要，八通古道，迫於修建，自林圮埔至花蓮樸石閣（今玉里），通衢以來，吳氏昆仲，光亮光忠，率飛虎左營前駐，安屯之後，天意難料，瘟疫大行，手足惶錯，素仰帝君，仁義禮智，三界伏魔，爰築草屋，吳光亮將軍親題，後山保障匾額，以奉祀迄今。後山居民，族群龐雜，阿美布農，平埔客家，漢民雜處，嫌隙難免，爭端時起，幸賴神召，和諧共居。……

男友在旁邊補充著：「是啊，我們這裡的血統很複雜，高山原住民有布農、阿美，平地在閩、客之外，還有許多西部的平埔西拉雅或馬卡道，在十八、十九世紀因被漢人壓迫而越過中央山脈，遷徙到此。我本人是客家，我們祖先是清朝光緒年間過來的，雖然才短短五、六代，我懷疑我說不定也有平埔血統呢。」

對台灣史較熟稔的小君說：「你們這裡的平埔，是自台南頭社或玉井一帶遷來的。他們認為自己是大武壠或大滿，與西拉雅有些不同。另外有些是由屏東林邊放索、萬丹一帶，經由浸水營古道遷來，他們則認為自己是馬卡道，不是西拉雅，也不是大武壠。你們家混的，是大武壠還是馬卡道？」

男友苦笑道：「妳問我，我問誰啊？」又問：「妳剛剛為什麼一直笑，在笑什麼？」

「好啦，」小君笑道：「其實我是笑這碑文的文字，道盡漢人的偽善與假仁假義。我們唸歷史的，都知道吳光亮在後山，殺了不少原住民，但他卻頒布了〈化番俚言〉，好像他只強調感化，從不殺戮似的。過去漢人統治者一貫如此，滿口仁義道德，作為凶狠毒辣。這也許就是原住民一直不喜歡漢人，不信任漢人的原因吧。」

小君又說：「例如剛剛大殿那個『後山保障』，大家認為吳光忠所題的匾，又是另外一個例子。『後山保障』，保障了誰啊？後山本來是原住民的，難道是吳光亮保障了原住民嗎？恰恰相反，是保障了入侵後山的漢人啊！」男友在一旁苦笑著。

小君看到表情尷尬的男友：「唉，現在是多元共榮啦，也沒要你們漢人搬出後山，只是要你們不要繼續這一付道貌岸然，滿口道德的漢人沙文主義觀點就是。」又說：「高中課本決定不採用連橫的《台灣通史序》，就是因為原住民詩人莫那能的一句話：『你們的篳路藍縷，我們的顛沛流離！』」

男友打哈哈說：「只道你們這些唸歷史的最冬烘，誰知反而思想最前衛，最進步了。佩服佩服。」

小君說：「唸歷史是為了反省，以史為鏡，說的就是這個。你們學醫的，醫人醫獸；我們學歷史的，醫國家醫社會，作用大著呢，豈是為了三個月寒暑假。」

男友說：「哎呀，失敬失敬。我必須多了解一些台灣史了。」

小君笑說：「那還用說！」但又感慨。她說：「其實，在台灣史方面，我們過去承緒了太多漢人史觀，都是一面之詞，因此要好好重新評估。許多歷史事件，原住民的觀點沒有能留下來，因而真相不太清楚。例如這位吳光亮，在〈化番俚言〉卷首，又加了一篇光緒五年（一八七九）『諭後山各路番眾』的曉諭，也說得冠冕堂皇。先舉前幾年阿棉、納納、加禮宛等社，經吳光亮『親統大軍，嚴加痛剿，以張天威』，然後經過設立番學，教番童識字讀書，最後以這三十二條『淺近野俚的〈化番俚言〉，而使『蠻夷僻陋之俗，轉成禮義廉讓之風』。」

小君有著感慨。加禮宛事件她略知一二，但阿棉、納納的地名今已不存，因此不知詳情。但總之，這就是台灣原住民的「被漢化過程」，當然包括日常風俗的改漢姓、穿漢服……等，把「漢化」當「教化」。小君感慨著，這就是過去不尊重少數族群的漢人沙文主義及擴張主義，自以為是的偏見。

一直要到這幾年，台灣社會才慢慢了解原住民文化有其融自然天地於一體的優點。在過去漢人讚美「人定勝天」、「愚公移山」、「戰勝大自然」的時候，漢人看不到原住民優點，認為原住民懶散、笨拙，只會唱歌跳舞。要等近幾年屢屢出現大自然的反撲之後，我們才恍然大悟，原住民文化比我們看得更遠……。其實日本人早看出了這一點。森丑之助說，站到山上，青翠的地方就是番人的，光禿禿的地方就是漢人的。這正是現代才有的「水土保持」的生態思維。而當年，則視為原民之疏懶。在一九二五年之前，森丑之助就看出了原住民文化的優越，但他也無法勸服那個年代的日本總督府，所以他只好在基隆港跳海……。

在火車到瑞穗的途中，小君一路上讚嘆著窗外花東縱谷的秀麗景色。她的男友，則臉色有點臭，帶女友來旅行，女友則沒有柔情蜜意，而卻鍾情於歷史和原住民，還一路上談歪理，倒有些像是在譴責他。

兩人終於到了瑞穗大橋的秀姑巒溪泛舟起點。秀姑巒溪果然兩旁是秀麗的山巒。瑞穗是由舊名「水尾」轉換過來的諧音日文漢字。秀姑巒溪到了這裡就無法再行船溯溪而上了，所以叫「水尾」。

自瑞穗大橋起點到出口終點的長虹大橋，長二十二公里，以奇美村為中間點。由瑞穗大橋到瑞穗鄉奇美村是前半段，溪流雖然相當快，但船仍算平穩，仍可欣賞兩岸秀麗景色。船近奇美，船老大大呼：「過了奇美，秀姑巒溪水流湍急，大家把重心坐好，不要翻船。若翻船不要驚慌。」

小君聽到「奇美」，覺得怎麼這個名字似乎缺乏原住民味道，令她想到「奇美醫院」、「奇美博物館」，與這山中野趣很不搭調，「難道就沒有好一點的名字？」小君納悶著。

自奇美村到秀姑巒溪出口，靜浦的長虹大橋，是泛舟下半段。秀姑巒溪穿過海岸山脈，彎彎曲曲，高高低低，落差六十五公尺，果然溪水湍急，多處險峻之處，橡皮艇險象環生，自顧不暇，無法觀賞景色。上了岸，小君雖然疲累，卻遊興不減，硬拖著已經精疲力竭的男友，找到了地圖上溪流出口的小島獅球山，上去逛了一圈，心情滿足。上了長虹大橋，南岸是靜浦小村，他們在此訂了民宿。到了靜浦街道，太陽已經偏西了。小君往溪的北岸望去，想起那附近山巒正是齊柏林的墜機之處，心頭一陣愴然。於是回過頭來，走上一個小坡。

小坡盡頭是靜浦國小。國小的標示聳立校門，校門內傳來學童嬉笑玩耍之聲。小君大喜，步入校內，迎面是一個大操場，兒童活潑地跑跳著。這幾年台灣少子化嚴重，小君見了兒童就有說不出的欣喜。小君發呆了一會，看到右邊一棟老舊建築之後方，是一片樹林。樹林之後，有著遠山。小君突然覺得那邊有一股吸引力在召喚她，於是往樹林走去，但男友卻拉住了她，說：「天色暗了，我們先去民宿報到吧。如果妳喜歡，我們隔天再來。」小君說：「那樹林很吸引我，趁著天還亮著，再給我十分鐘，你在這裡等。」男友則覺得小君莫名奇妙，很無奈地放開了手。

於是小君走過那棟土灰色建築，到了那片低矮樹叢。自這裡向西北看去，有兩山聳起，雖不甚陡峻，但頗有高度，兩山之間的近海岸處，有一小山崖。小君為了看得清楚，向左跨了一步，卻發現左邊的土地微微高出約二尺左右。再一看，整個左邊小樹叢約有七、八十公尺的直線土地皆比另一側高出六十到八十公分，看起來倒是有些像人為堆高的。小君正納悶這代表什麼？天色卻驟然暗了下來，耳邊也傳來男友呼叫聲，而操場上學童的聲音也幾乎消失了，感覺上有電影突然停格的感覺，於是只好快快走回操場，隨著男友到了民宿。

今天是小君生日。男友在離靜浦國小約一公里外，大路轉彎後的一家燒酒雞店訂了晚餐，民宿則就在燒酒雞店之旁。兩人吃了燒酒雞，回到民宿。小君的男友意猶未盡，又自行李中掏了一瓶紅酒，民宿主人得知她生日，也特別送了一個小生日蛋糕，兩人繼續在房間中喝酒。

這是兩人交往近一年後第一個過生日宴。男友酒興很高，一直勸酒，小君也喝了幾杯。燒酒雞加上紅酒，兩人意亂情迷起來，男歡女愛之後，都睡著了。

到了中夜，小君覺得口乾醒來，於是起來找水喝。喝了水，小君再躺了下來，但被男友的鼾聲吵得翻來覆去睡不著。小君心念馳到今天下午在靜浦國小看到的，那人為堆高的林地，想來大有文章，總覺得那裡有著歷史的謎團存在。今天再去看看，明天早上他們就要北上新社和花蓮了。她於是一骨碌翻身起來，死命搖了男友，但男友既熟睡又打鼾，簡直像重度昏迷，於是小君決定一個人出去勘查。她穿上衣服，帶了手機。現在手機就是手電筒，又有電話及定位功能，方便的很。原住民一向以誠實友善著稱，在以前部落本就是夜不閉戶的。她出門時，發現房東果然沒有鎖門，而房東也都早睡了。

她拎起包包，出了大門。月光明亮，繁星點點，而蟲聲蛙噪，周遭共鳴。小君想，這等夜色真是與城鎮完全不同。

小君記得向北走一段路，再轉彎，就是到校門的上坡路。小君轉彎後，看見有五名盛裝打扮的原住民青年，走在前面。這時天色比之前亮了，而且亮得很快。從那背影看來，四位很壯碩，一位較瘦小。走在最前頭的一位特別高大，頭冠上的羽毛也特別長。因為是上坡路，小君速度慢了下來。那五人反而愈走愈快，小君離他們的距離愈來愈遠。

校門在望了，小君發現竟有大聲叫鬧喧譁之聲自校門內傳出來。這時天突然大亮，只是小君竟沒發現這些差異。

校門大開，但四周景觀卻似乎與白天所看不盡相同，校門前變成一片樹叢草地，中間一條窄路，而非白天之柏油路。但小君全未注意，也全未在意。小君遠遠望見，門內竟有上百位原住民席地而坐，地上擺滿了酒菜，他們大碗喝酒，大塊吃肉，大聲唱歌。而剛剛走在小君前面的五位原住民男子，正步入那宴會場。五位男子步入會場之後，大門邊閃出一人，把門關了。那人穿著古代白色軍服，小君看到他上衣的胸前及背後，都似乎有個圈圈，中有大大的深色「勇」字。小君不覺一愣，「怎麼打扮像是戲台上的清兵？」

小君發現，那宴會場的四周，除了入口的窄門，四周似是有大約有三人高的土牆或竹牆，牆後則是一排竹屋，相當詭異。接著，竹屋上每個窗口都露出了看起來很像槍管的長物。

小君正在詫異之間，突然耳際傳來震耳欲聾的槍聲，空氣中也傳來濃濃的硝煙味，夾著那些正在飲酒作樂男子的慘叫聲。小君嚇得尖聲大叫。叫聲被連串槍聲和會場內的慘叫聲淹沒了。隨即雙腳發軟，仆倒地上，雙手掩耳。小君驚悟，宴會場已成屠宰場。她也不敢起身，勉力爬到路邊的小樹叢中，藏了起來。槍聲連續響著。久久，槍聲變為稀疏零星，驚嚎之聲則漸漸轉為低繞而哀淒之呻吟。

槍聲終於停了。小君仍藏在路旁的密草中，不敢起身，怕被那些穿清兵服裝的人發現。小君窺見，又有幾位穿著「勇」字服清兵打扮者在那高牆上的竹屋上對話。小君隱隱約約聽到他們說：「番人傻傻中計，吳總兵這次一定滿意極了。」小君在草叢裡，也開始想，「難道我到了清代？他們說的這次，是哪一次？」小君仍在迷惑中，突然這時那些木造營房竟然燒了起來。小君嚇得趕快往後退，但仍不敢站起奔跑。

天色終於暗了，火焰也熄了，黑煙罩著天空，讓天空更灰暗。小君戰戰兢兢站起，轉身四望，卻覺昏昏沉沉，不知哪一個方向才是回民宿的路。

小君東張西望找路，卻正好望見那個宴會場的門又悄悄打開了。有人自門縫探頭走出，小君看到他的頭冠，正是那位高大壯碩頭目打扮的原住民。他滿身血污，但似乎沒有受傷。他先探頭出窄門，又回頭向門內打了一個手勢。有四位原住民男子也跟著走出，但有一位是被扶出來的，似是受了傷。出了窄門之後，這群人背起傷者，快步往小君方向走來。

小君大吃一驚，站起來想跑，但卻雙腳發麻，跑了幾步，被一隻大手自後攬住，嘴巴也被蒙住。小君大駭，耳邊卻傳來一句原住民語：「不要出聲！」

頭目突然一個彎腰背起她。她嚇了一跳，但心中反而有喜歡的感覺，因為用不著自己奔跑了。另一位青年背著另一位傷者，四個人快速跑著。令她喜出望外的是，她竟然聽得懂對方的語言！而且她看得出來，頭目對她，沒有惡意。她直覺有了同伴，反而心情一鬆，不禁脫口而說：「謝謝。」幾個人一面跑步，一面驚訝望著她，問她怎會來此地。她沒有回答，只是笑笑。於是四個壯漢，背著兩個人，迅速往西方山巒跑去，很快進入山中。四人跑一趟，又涉水過了一條大河，河水湍急，小君緊緊抱著頭目，終於到了對岸。四人似覺已安全了，也累了，就停了下來，放下那傷者及小君。

月光灑在黑夜的山上，小君感覺似乎是到了魔幻之境。那四人先把傷者放在樹下，喝了溪水，又找了一片寬大的葉子，盛了溪水過來給那傷者。那頭目突然悲從中來，跪在地上放聲大哭，其他三人也跟著跪地哭了起來。

小君猜想他們是在為被殺死在宴會場的同伴而哭。她回想剛才的情景，為什麼原來的靜浦國小景觀不同了？四周景色的色彩也變得陰暗，像是進入另一個時空。

為什麼她看到清兵？而這些原住民的穿著也似乎回到古代？「難道我真的回到清代了？」她想，「那麼，是清代的哪一年？」她記得依稀聽到那些清兵說吳總兵。清代的吳總兵？吳光亮？小君想。

四人哭了一陣，終於止住了哭。那頭目問小君：「妳從哪裡來？為什麼會我們的話？」小君只是搖頭傻笑，說了一句：「我也不知道怎麼說。」旁邊一人說：「她看起來不像 paylang。」另一人問她：「妳怎麼穿得那麼奇怪？」她回答：「我想我是一百年後的人，我也不知為什麼會來到這裡。」頭目說：「一百年後，那是什麼意思？」小君說：「我真的不知如何回答，也許是祖靈的安排吧。」

頭目聽到「祖靈」二字，不再說話，又把小君背起上路。這次傷者換了另外一人背，小君卻仍由頭目馱著。雖然是夜間又是山路，而且今天只有下弦月，月光並不明亮，但四人仍然快速跑步，似乎對這段山路很熟。上了山，樹林愈來愈高大茂密。樹枝不時割到小君的頭髮與臉頰，每次都一陣刺痛。小君不由把頭伏得更低，就直接靠在頭目的肩膀。小君的臉頰傳來頭目的體溫，小君覺得好溫暖，好舒服，捨不得移開。

終於抵達部落。部落早已有人出來迎接。頭目向來人說：「我們 Dafdaf 部落整個完了，全在 Cepo 被殺了。」眾人都大哭起來，來人也哭著先趕回部落回報。

小君和那位傷者被放了下來。但是，眾人發現，那位傷者已無氣息，升天了。眾人又是一陣哭泣及嘆息。

部落眾人圍住了頭目及其他三人，爭問著。頭目簡單描述了經過，三人回憶著罹難者的姓名。眾人皆痛罵 paylang 太奸詐。原來 paylang 是他們對平地人的稱呼。

小君環顧四周，部落的屋子不是茅草屋就是木板屋，她確定以來到了另一時空。而且奇怪的是，她竟然能了解原住民語，甚至可以說一些簡單的。

小君想，她剛剛目睹的，應該是一幕清軍集體屠殺原住民的場景。她聽到有位清兵提到「吳總兵」，而「吳總兵」，那應該就是吳光亮吧？清代來台大官姓吳的，就是吳大廷及吳光亮。而吳大廷是文人道台，沒有來到後山；吳光亮是武將，也任了總兵，「開發」後山的先驅，但因此多所殺戮。而吳光亮在東部後山的屠殺，一次「納納、阿棉」，一次「加禮宛」。她不知詳情，但是她記得都是在光緒三、四年。而且在事後，吳光亮還被朝廷賞賜什麼「馬褂」之類。

小君嘆息著，這樣的殺戮，竟然被賞賜！

她不知道「納納」、「阿棉」在哪裡，也不知 Dafdaf、Cepo 的中文名稱是什麼。她只知道「加禮宛」在花蓮市花蓮平原。

那麼，這裡就是「納納、阿棉」嗎？她猜測著。那麼，這位頭目是誰？她不記得與吳光亮交戰的原住民頭目的名字。

她站了起來，四處張望著。部落有一個很高大的眺望台，旁邊有棵大樹。她走了過去，坐在眺望台的階木上，望著部落的人忙來忙去。

這時，天已微亮。螺聲響起，整個部落的人都被召集了，小孩、老人、老嫗，除了兩位在眺望台上放哨的勇士外，全部到齊。一位女巫開始作法，一面用檳榔葉沾了水灑向族人，一面唱著禱詞。族人也以言詞或歌唱回應。

女巫祈禱完，頭目含著眼淚向部落族人慷慨激昂地說了一番話。他說，去年，這裡的 Kiwit 及納納、阿棉三個部落曾經聯合打敗 paylang 二次。後來他答應和 paylang 和解，是他認為以和為貴。沒有想到 paylang 竟然在 Cepo 設了陷阱，幾乎屠殺整個 Dafdaf 部落的勇士。他實在愧對 Dafdaf，也愧對阿棉。

這時，小君才弄清楚，這裡是她未聽過的「Kiwit」，不是納納，也不是阿棉。小君想，似乎 Dafdaf 就是納納，但發音又差太多了。而 Cepo 是地名？還是部落名？是他們住的靜浦嗎？但是她記得昨天她在靜浦國小樹立的牌子上看到，靜浦的原住民語叫「Cawi」（見頁7），而且現在的靜浦也是個部落。等等，她會不會把「Cawi」及「Kiwit」搞混了？這兩者，是一？還是二？

不過，她看的出來，這頭目似乎就是三個部落對清兵作戰的總領導人。

頭目又說：「我們當然要復仇！」這時，有人叫著頭目：「馬耀・珥炳，你要帶領我們再打幾個勝仗，把 paylang 趕出去！」頭目淒然一笑，眼淚流了下來：「當然了！其實，他們昨天在 Cepo 屠殺了 Dafdaf 的人，一定會一鼓作氣，就算我們 Kiwit 沒有去找 paylang 復仇，paylang 也會來找我們 Kiwit 部落，乘勝追擊。我想 paylang 一定要把我們三個部落殺光才甘心！」

一下子知道了許多答案：原來這頭目叫馬耀・珥炳。小君也頓時恍然大悟，她昨天所住的靜浦民宿，就是 Cepo 無誤。不知道為什麼，她竟然穿越了時空，到了一八七八年光緒四年的正月，見證了百多年前 Cepo 大屠殺的現場。現在這個 Kiwit 部落，漢人稱為什麼，她不知道，但是，結局是無庸置疑的，那就是，吳光亮屠殺了所有不聽命，不供他使喚去開路造橋的部落原住民，然後還好意思寫了〈化番俚言〉，竟還被朝廷大大獎賞。而且，除了納納、阿棉，吳光亮後來還以更冷血的方式，幾乎滅絕了花蓮平原的加禮宛及撒奇萊雅兩個族群。就是這樣的粗暴殘酷，造成原漢的裂痕！她喟嘆著。她望著部落人群，不忍告訴這些原住民，她在歷史書上唸到的他們的結局。

她抬起頭來，雙眼已濕。那麼，是不是他們的祖靈安排我到這裡，來勸阻馬耀・珥炳不要一味反抗清兵，而留下一些血脈傳後？馬耀・珥炳不了解清兵的狠毒。在歷史書上，清兵對他們「番人」是幾近趕盡殺絕的。

她望著馬耀・珥炳，望著這個 Kiwit 的族眾，望著周圍草木。她已經目睹了 Cepo 的大屠殺，她一定要阻止她現在所在的這個 Kiwit 部落的族眾，竟也走向滅絕。一定是他們的祖靈要我來勸阻悲劇的發生，要我來延續 Kiwit 的血脈。

那麼，為什麼是我？為什麼他們的祖靈要派我來？她迷惘著……

突然，一個念頭閃過她的腦際，難道我前世與他們有緣？難道，我的前世，也是這個 Kiwit 部落的一份子？

「那麼，祖靈啊，請告訴我，告訴我，派我來的目的，是勸阻馬耀・珥炳不要再繼續與清兵作戰？告訴我，我要如何做，才能拯救馬耀・珥炳？拯救 Kiwit？」

一有了這樣的念頭，小君再無懸念。她要勸阻馬耀・珥炳繼續對抗清兵，她願意成為這個 Kiwit 部落的一份子。於是，她閉上眼睛，雙手合十，虔誠問天。

小君祈禱完，一位老媼走了過來，捧了一碗小米粥來給小君。小君向她說，她希望能把她身上的衣服換成他們 Kiwit 部落的服裝。老媼面露喜色，走入內室，拿了一套相當華麗的衣飾出來，連頭冠都有。她又帶小君進入內室更衣。小君換上原住民服，竟然剛好合身。老媼看了面露喜色，向小君說：「妳稍候。」

片刻之後，老媼帶了馬耀・珥炳進來。馬耀・珥炳看到小君的打扮，不覺一怔，站住不動，眼眶紅了起來，良久良久才迸出一句話：「妳……？」

老媼在旁搶先說：「是我拿給她的。很合身，很好看吧！你說，像不像 Tana？」

馬耀・珥炳望了老媼，叫了一聲：「Ina……」然後走近小君，替她整理了頭冠，眼神充滿了溫柔。小君不覺滿臉通紅，垂下了頭。

馬耀・珥炳看著小君良久，突似大夢初醒，向老媼說：「Ina，我還要去忙。Paylang 的官兵，很快就會來到，我要去督促大家及早準備。」說完，又向小君說：「妳這樣很好看，等吃中飯時，我再來。」說完，轉身走出屋子。

老媼拉著小君的手，說：「坐下來，我來告訴妳，我們的事。」

「妳現在身上這一套衣服，是我女兒 Tana 的。Tana 與馬耀・珥炳是三年前成婚的，而這套衣服，就是婚禮時 Tana 穿的衣服。」

小君不覺「啊」的一聲，低下頭，同時心裡有個不祥的感覺：「那麼 Tana 是不在了？」

老嫗說：「馬耀・珥炳是 Dafdaf 頭目的兒子，後來入贅了我們 Kiwit 部落的 Tana。因此 Dafdaf、Kiwit 還有 Dafdaf 隔河相對的 Amidan，三個部落同心協力，非常友好。」

老嫗繼續說：「自從一年多前 paylang 來了以後，我們這幾個部落就不再有以前的好日子過了。Paylang 的頭目在 Cepo 占了一塊地方，建了營寨，接著要建一條自內陸 Kohkoh[1] 到出海口 Cepo 的道路，而不停的要我們去做工。這樣已經夠煩了，更火上加油的是，一位叫林東涯『通事』，就是同時通曉 paylang 與我們語言的漢人，在這裡作威作福。我們最受不了的，他很好色，動輒強占我們的少女。因為 paylang 的頭目都聽他的話，他仗著有錢有勢，各部落的漂亮女子都被強迫嫁給他當小妾。因此我們三個部落都恨死他了，特別是青年。」

小君終於搞清楚了，原來納納在原住民語稱為 Dafdaf，阿棉叫做 Amidan，兩個部落隔河相對，南岸納納，北岸阿棉，而此地山中是 Kiwit。納納有個地方叫

Cepo，就是靜浦，paylang 吳光亮在 Cepo 據地，建了營盤。

「一年前，林東涯自 Amidan 要去 Kohkoh 開會，竟然要我們派出十二人去為他抬轎子。我的兒子 Kafook，也就是 Tana 的哥哥也去了。Kafook 一向討厭這位 paylang，一路上故意把轎子往山邊擦撞。那位林東涯被撞得火氣很大，破口大罵，竟要罰轎夫們不可以吃飯。我兒 Kafook 火氣更大，乾脆故意把轎子翻落懸崖，於是那位林東涯就跌得粉身碎骨，一命嗚呼了。」

「Paylang 官兵的大頭目，就是那位姓吳的，就派了兵從拔子庄過來打我們 Kiwit。Amidan 及 Dafdaf 當然都來支援我們。結果 paylang 二次出兵都被馬耀所率領的三部落聯合軍打敗。第一次是由吳大頭目的弟弟領軍；二次則連帶兵的小頭目都戰死了。在這些戰爭之中，我們 Kiwit 的 Kafook 和馬耀的表現都非常英勇。」

小君也聽懂了，馬耀・珥炳，馬耀是名，珥炳是父親之名，這是他們班查人或阿眉族的命名方式。

「吳大頭目面子掛不住，於是由各地調了許多部隊來。真不知 paylang 怎麼有

① 瑞穗的阿美族發音。

派不完的部隊，除了南北各地的兵士，還有部隊是自山的那一邊坐了大船自成廣澳[2]，再過來到這邊登陸。」

「他們也要這裡的馬卡道族共同來打我們。馬卡道人不得不應付一下，做個樣子，其實還常常派人來告訴我們 paylang 部隊行蹤。」

「但是去年八月，paylang 部隊與我們在 Amidan 決戰。他們人多，三面夾擊，因此我們在 Makotay[3] 被擊敗了。馬耀突破重圍，但途中與 Kafook 和 Tana 失散了。Kafook 和 Tana 帶著 Amidan 的勇士，逃到 Amidan 海岸旁邊的幾個平台，叫做 Tidaan[4] 的地方，被 paylang 層層包圍，最後 Amidan 勇士，Kafook、Tana 全部犧牲了。」

老嫗說到這裡，已經淚流滿面，但她頓了一會，還是繼續說下去：「至於馬耀·珥炳所率領的 Dafdaf 勇士，則被 paylang 大頭目的另一支軍隊，包圍在 Dafdaf 另一高山上。這時已經十二月了，糧食稀少，受困在高山上的 Dafdaf 勇士，飢餓受困。不料這位吳大頭目卻突然表示善意，表示不要再打仗了，但是要馬耀的 Dafdaf 勇士，到南邊 paylang 所建的港口成廣澳去搬米，把由船運到成廣澳的米搬到 Cepo 的 paylang 軍營裡，每個完成搬米任務的勇士都可以拿到酬金。並且訂第二年一月二十日，就是昨日，在 Cepo 他們的營寨設宴，要讓我們喝得爽快，吃個痛快。」

「剛剛我們討論了一下，才了解真相。去年十二月，Dafdaf 被圍在山上，固然山上缺糧食，其實山下的 paylang 官兵也已缺糧，無法繼續作戰了。雖然他們的糧食運到了成廣澳，但無人替他們搬運來 Cepo 軍營。paylang 官兵好詐，先示好 Dafdaf，馬耀中計，以為官兵真的和解，於是同意替 paylang 官兵運糧。自成廣澳到 Cepo，是一段很長的路，要走上好幾天。」

「馬耀只希望和平，怎麼都不會想到，paylang 頭目在我們替他們作工運糧之時，反而設立陷阱，終於成功集體屠殺我們。太可恨了！paylang 頭目在 Cepo 營盤的旁邊，建了天井式茅草竹牆營房，又建立高牆，和營盤隔開，說是要蓋給 Dafdaf 的民眾住的。然後在設宴的天井四周挖了大約有一個人寬，一個半人深的壕溝，以讓勇士們自場內無法自天井攀牆逃出，唯一出口就是那個小門。剩下的，妳也都看

---

② 今台東成功漁港。

③ 港口社，屬阿棉 Amidan。

④ 今石梯坪。

到了，不用我再說了。」

「還好，這次馬耀・珥炳五人比較晚到。他們一進去，paylang 就把大門關了，開始開槍與引爆火藥。也算馬耀等五人命不該絕。Paylang 犯了一個錯誤，他們太早開槍。他們五人雖已進門，但還沒有到宴會場。槍聲一響，他們五個人就馬上跳入壕溝內躲著，只有走在最前面的那位不幸受傷。Paylang 在大屠殺後，又放火把這些竹屋燒了，也放火把我們勇士的屍骸燒了。還好這幾位勇士躲在壕溝裡，避開了屠殺，也正好避開了火勢，才得以倖存。」

小君聽到這裡，想到自己也是在樹叢裡躲了好久。而且最後如果不是馬耀・珥炳背起她，是否能夠逃出也很難講。

說到這裡，老嫗握著她的手，小君心中覺得溫暖。她猛然又想到，她已經後見了一切的命運。如果馬耀・珥炳繼續留下來抵抗清兵，他將逃不過吳光亮的毒手。

她剛剛一度認為，她的來到，是為了勸阻馬耀・珥炳，放棄對抗。但是，她能改變歷史嗎？

她想，馬耀・珥炳雖是阿美族的重要人物，但就大歷史而言，只是一個小角色。一個部落頭目命運的改變，想不致影響大局，甚至不影響吳光亮的功業。救了一個小頭目，若不影響大歷史，應該無所謂吧？

她抬起頭來尋找馬耀的身影。馬耀正在指揮族人做防禦工事。他帶著幾位部落的勇士，匆匆走出部落。她猜想，馬耀希望把防衛線推進到部落外較遠的地方。她怔怔地看著他的背影，魁梧矯捷。但是讓她產生敬意的是他的堅毅拚勁。他背著她奔跑了一夜，但是他竟然完全沒有休息，就再度負起護衛部落的大任。反倒她覺得自己有些睏了。

老嫗看出來了，帶她進了內室。看到床，她躺了下來。被褥傳出濃濃的男人氣味，她猛然想到，這是馬耀的床。但她實在太睏了，才合眼就睡著了。

不知睡了多久，她被搖醒。搖醒她的，竟然是馬耀。「吃晚飯了！」馬耀的聲音有些嘶啞，但語氣帶著愉悅。

她醒過來，發現整個部落的人都興高采烈，似乎在慶功宴似的。馬耀帶著得意的神情告訴她：「我們剛剛擊退了 paylang，雖然只是一小股人馬。」

「妳有睡飽嗎？」他溫柔地問，接著又很高興，滔滔不絕地說：「paylang 是中午出現。我們的瞭望台很早就發現了他們的行蹤，提出警告。我早上帶著族人所設的陷阱和埋伏發揮了效果，我們不但讓他們無法越過陷阱，而且殺死或殺傷七個或八個 paylang，我們只有一個人受了輕傷。不過，他們來的人不多，大約只有五十人左右，可能只是偵測我們的先頭部隊。我相信，很可能是明天或後天，他們一定會再來。而這次，一定人馬盡出！」

小君想到她知道的歷史，於是很婉轉地說：「就像你所說的，今天他們人少，所以贏了。如果明天他們派更多的人來，一定可以破壞掉你們的防禦與陷阱，那就很令人擔憂了。你們要不要今天晚上離開這地方？找個隱匿地方躲起來一陣子，讓 paylang 明天或後天來找不到？等白浪離開了，你們再想辦法回來或遷徙部落？」

這時老嫗進來，說：「大家都等著你們呢，快出來吧！」原來族人因為打敗了 paylang，很是興奮，要在晚餐時刻大大慶祝一下。

當馬耀・珥炳牽著她的手出現在族眾面前時，大家一陣喝采聲。小君隱隱感到，在他們的眼中，她像是 Tana 的化身。她想，她很可能長得有些像 Tana，而且她現在身上穿的，又是 Tana 和馬耀結婚時穿著的衣服。她突然又閃過一個念頭，會不會，Tana 就是自己的前世？而身邊這位男子，是自己前世的夫君？

她突然迷惘了。Tana 的靈魂存在她身中嗎？她也突然想到，自從她遇到馬耀之後，馬耀沒有問過她的姓名，Tana 的母親也沒問。還有，她甚至懷疑，他們也不知道，她就是他們最痛恨的 paylang 後代。

部落的男女，早已圍成一圈，等馬耀和小君加入後，歌舞就開始了。在月光下，Kiwit 部落的人歡悅地唱著，但小君的腦海裡不時浮起昨天的屠殺畫面，她實在跳不下去。於是在隊伍繞了一圈之後，她告訴馬耀，她頭痛，她要退出。馬耀帶著她回房，於是歌舞草草結束了。其實眾人也知道，還要準備應付 paylang 捲土重來，而下一次，paylang 的攻勢一定比今天更猛烈。不久，大家也累了，因此各人也都各自休息了。

進入屋內後，小君向馬耀跪下。馬耀‧珥炳嚇了一跳，把她拉起來，順勢抱在懷裡。小君掙脫了，正色地說，她是來自一百四十年後的人，因此她知道，到最後，獲勝的是 paylang 清軍。她向馬耀說：「我曾在書上唸到昨天吳光亮設陷阱屠殺 Dafdaf 部落的歷史記載。」小君看到馬耀露出驚訝迷惘的表情。他問：「什麼是書？」小君猛然想起，原住民沒有文字，沒有書，她也語塞了，不知如何回答。

兩人並肩坐在床上。小君又說：「我也唸到了 Kafook 殺死林東涯而引起這次戰爭的故事。我唸到了納納，就是你們 Dafdaf，也唸到了阿棉 Amidan，但我沒有特別唸到 Kiwit，我也沒有特別唸到你的名字，也許有書上有記載，而我沒有唸到。」馬耀突然打斷她的話，問道：「『書』是什麼？」臉上充滿了好奇。

小君啼笑皆非了。她說：「我知道你們 Ina 會口述你們的祖先的故事給你們知道，但是我們 paylang，是的，我的祖先是 paylang。」小君望著面前這位高大憨直的漢子，不覺憐惜地握了一下他的手，馬耀也回報著她，緊緊握住她的手。

「我們 paylang 有文字，可以記載許多事情的詳細經過，流傳下來，因此我們知道許多我們的祖先許多事情。」

「所以我知道，吳光亮，就是你們所說的 paylang 大頭目，非常殘忍。」

小君說到這裡，停了一下，看著馬耀，情不自禁親了一下他的臉頰。馬耀嚇了一跳，但下個動作卻是緊緊抱著小君，把小君撲倒床上，擁吻小君。小君被吻得透不過氣，但仍奮力推開馬耀：「不行，讓我說完。」

小君又坐了起來，撥了撥被馬耀弄亂的頭髮，繼續說：「那位 paylang 大頭目昨天在 Cepo 殺死許多你們 Dafdaf 勇士後，將來會在這一區域殺死許多部落的人。書本寫得很簡單，我不知詳情。但是……」小君委婉的說：「如果你們不躲藏，Kiwit 也會有許多人喪生，甚至你也逃不過這個命運。」小君說到這裡，怔怔望著馬耀，強忍著自己眼淚不掉下來。

馬耀顯然聽明白意思了。他神情嚴肅，坐在床沿，望著外面黑漆的部落說：「老實說，我不太懂得妳說的，但是我知道，妳的意思是，妳希望我今天晚上或明天早上帶著族人們遷到其他地方去，避開 paylang，是不是？」

小君點點頭，給了馬耀一個迷惘的微笑。「再半年左右，他還會繼續到北部去，屠殺了兩個族群，一個叫『加禮宛』，另一個我們叫做『撒奇萊雅』，你們好像稱為『巾老耶』。令人傷心的是，他每次屠殺部落之後，還會得到皇帝的獎賞。」

馬耀站了起來，在屋內走了一圈，說：「但是，我的看法是，我們不可輕易放棄祖先留給我們的土地。」他的語氣非常果決。「因此，我們不會遷離這裡。」

他不顧小君很明顯的失望表情，又繼續說：「再說，如果我們遷徙了，也不可能太遠。妳說，吳大頭目會就因此找不到或放棄不找嗎？」說完，他一直搖頭。

小君急了，又說：「我一直不知道為什麼我會穿過一百多年來到這裡，我覺得是 Tana 派我來的。她派我來，希望你能重新再來，希望不要讓你被 paylang 殺害，也不要讓 Kiwit 被 paylang 毀滅。」

「Tana，不，小君，我一定要留下來。我們的族人，也一定會留下來。」

馬耀・珥炳的語氣很堅持。他一個翻身，又把她緊緊壓住，「妳是小君，妳也是Tana。」她再度被他吻得透不過氣來。但是，這次她無法再推開他了。

「不管妳是小君，還是Tana，妳要永遠陪我，不准再離開我。」他在她耳邊說。

她想說，她是小君，不是Tana，但她不忍開口。也無法開口。她閉上眼睛，無力地讓他又吻又抱。原住民的衣服很輕薄，在不知不覺中，她的身體已無遮掩，而幾乎她的每一吋肌膚，都感受到他手掌的覆蓋與壓力。她發出輕輕的嘆息。當他突然進入她的身體時，她不自禁地叫出聲來。

●

「妳怎麼了，怎麼睡夢中大喊一聲？嚇死人了！」她被男朋友叫醒後，猛然坐起。夢境猶在眼前，她不覺臉一紅，接著又發現自己寸縷不掛，想起昨天與男友纏綿之後，就睡著了。她回味著與馬耀・珥炳的種種，竟無法確定那是夢境？還是她真的穿越了時空？她回頭望著男友，竟覺得他看起來像個陌生人。

她找到錶一看，再幾分鐘就九點了。怎麼睡到這麼晚？

而她和男友本來約好九點請這個民宿的老闆用他的車載他們兩位到北方的加禮宛新社，然後再到花蓮。他們的後繼行程，還有一夜花蓮，然後到太魯閣，夜宿布洛灣。

她決定不吃早餐。她向男友說，她要再回靜浦國小一趟。

男友一怔，很不高興：「妳怎麼這麼任性！」但還是忍住了，說：「好吧，但速去速回！」

民宿老闆也很配合，說可以等他們一陣子，不一定要九點整出發。

民宿老闆用車載她及男友又回到靜浦國小。男友有些賭氣，堅持留在車上。她一個人下了車。

她終於看清楚了，操場大約就是設宴的那個天井，壕溝，自然早已填平。而更右邊那個突起七、八十公分或一公尺的地方，就是吳光亮的營盤了，就是那些凶手開槍的地方。

她不自覺地流下眼淚來。這個操場就是整整一百四十一年前，吳光亮屠殺原住民的地方，現在稱為「大港口事件」的發生地。而其實，大港口事件只是眾多戰役及大屠殺的一節。她回到操場邊，昨夜的槍聲及慘叫聲又在她腦中響起。她跪了下來，向埋在地下的亡靈表示歉意。她抹乾眼淚回到車邊。

她男友在車上看在眼裡，一直搖頭。

臨上車時，她突然心念又一通，問民宿老闆說：「你是否知道這附近有一個叫做 Kiwit 的部落？」老闆說：「就是奇美村啊，你們泛舟中的那個中途點。對了，過去叫奇密社，Kiwit，日本時代更改為奇美村的。」

小君恍然大悟，原來就是奇美村！「那裡是否有一個很寬很高的瞭望台？」老闆很興奮地說：「是啊，是啊，妳是怎麼知道的？由那個瞭望台，可以看到整個秀姑巒溪出口，包括獅球嶼和石梯坪海邊呢。」

小君又問，石梯坪，就是 Tidan 嗎？老闆大為驚異道：「哇，妳怎麼連石梯坪的阿美語都知道？太酷了，那邊風景很漂亮喔。其實你們應該在那裡停一下的。」

這句話讓小君突然心生反感，「那是 Tana 喪生之地呢」。她心中哭泣著，去花蓮的遊興全無。她只希望留在這裡。

她想了一下，低聲向男友說：「要拜託你，我們就在這靜浦多留一天好嗎？我希望去奇美村和石梯坪一趟。」男友別過頭去，半晌，回過頭來，冷冷的說：「妳去吧，我在民宿內把後面的旅店和車票都延後一天。那麼最後一天的布洛灣，我們就不去。我今天留在民宿看書。這些地方由老闆送妳去。我就不奉陪了。」

在赴奇密社的中途，小君查了網路，查到一個敘述：「吳光亮在大港口事件後，繼續攻打奇密社，擒馬腰兵，刎其心肝，以祭前陣亡之部屬。」

她看了，眼眶、心中，都淌淚了。她沒想到，她的馬耀後來竟然死得這麼慘。馬耀，我的馬耀，她在心中呼叫著。

到了奇美村，一進村就是那個醒目的瞭望台。她依照夢中的情景，以瞭望台做標準，她推測他的頭目家屋，就是現在的「奇美文物館」。她走進去一間內室，看到昭和年間先是「奇密公學校」，後來改稱「奇美公學校」的許多學生及日本人師生的畢業式合照。

她想，「他似乎沒有留下子嗣。」

一陣風吹來，吹亂了她的頭髮。她知道是他，否則在室內怎麼會有風。她在奇密社停了幾乎整整一天。直到天色已黑，民宿老闆催她催得快發火了。她捨不得離開，因為她覺得馬耀・珥炳陪著她。她覺得欣慰，馬腰兵不在了，奇密社還在。

第二天天甫亮，她就出發，先在石梯坪停了一小時，她是準備了祭禮去的，原住民式的祭品，酒、檳榔。她重金拜託了老闆去準備這些，而她男友，全程板著臭臉。

石梯坪的風景絕美，對面是港口村，就是過去的阿棉。她覺得這裡很幸運，沒有成為庸俗的風景區，因此 Kafook 和 Tana 沒有受到打擾。她知道，她以後每年都會來此地祭拜。

然後，她又去了稍北的貓公部落與貓公山。她由居民口中知道，馬耀曾經在貓公山上住過。凡是馬耀走過的足跡，她都想去。對男友的臭臉，她已毫不在意。她漸漸感覺，那是一位陌生人，一位 paylang。

她終於還是繼續與男友遊歷了修改過的行程，去新社，去花蓮，去新城，去太魯閣。但是她已遊興全無，她的心已經留在靜浦與奇密社。她的男友，則一路生悶氣，覺得她性格遽變，有如中邪。回來後，兩人就分手，彼此沒有再聯繫了。

她很奇怪，明明是奇密、阿棉、納納三社共同抗清，何以後來「奇密 Kiwit」沒有被提及，而且還被改名，以至喪失記憶連結。

她於是又翻了史書，終於弄清楚了。大港口事件雖是奇密社的Kafook首先起事，也是奇密社的馬耀・珥炳在烏雅立社⑤擊敗吳光亮的部隊。儘管事發於奇密社，但後來的主戰場都在東海岸，秀姑巒溪出口北部的阿棉，南部的納納（靜浦），所以奇密社反而不常見於史籍記載。

光靠吳光亮的部隊，其實打不贏馬耀・珥炳的部隊勇士，是因為後來還有北部孫開華及台灣府周懋琦的部隊來增援。

她搖搖頭，過去的歷史記載真是迷霧及黑洞一大堆，不尊重史實。而可憐的原住民就與祖先的歷史脫勾了。

後來，她為自己取了原住民名字 Tana。她喜歡她的友人稱呼她 Tana。她當然推辭了老師要帶她去廣東開「吳光亮研討會」的提議。她改了她的碩士論文題目為海岸阿美，聚焦 Kiwit、Amidan 及 Dafdaf 之歷史及文化之研究。

後來，她乾脆自台中的學校退學，重新考入東華大學的原住民族學院。她努力學習阿美族語言。她知道，她這一生的工作就是海岸阿美的歷史與文化研究。

每逢假日或空閒，她就跑到奇美村，不，奇密社去。唯有在這裡，她才感覺到心情舒暢與寧靜。特別是坐在那瞭望台的階木上，每次微風吹來，她就可以感受到馬耀・珥炳的手在輕撫她的臉頰，她的頭髮。

⑤ 今之瑞穗鄉鶴岡村。

# 第二部

# 苦楝花 Bangas

## 序曲

### 祈福誕生

他出生的時候，正好是太陽自 Pazik 山[1]升起的那一刻。陽光照進屋內，他呱呱墜地，哭聲穿破了晨曦。初為人父的父親，手足笨拙地抱著小嬰兒。他祖父正好自海邊回來，得意地扛著他有生以來抓到最大的一條 Pazik[2]走進來，看到啼聲宏亮的的長孫，哈哈大笑。笑聲和哭聲成了美妙的合聲。

「我們就叫他 Kumud Pazik 吧！」

祖父說著，開始吟唱起來。

「感謝 Malataw[3]

感謝 Kawas[4]

讓我們家多一個生命

讓我們家有了傳承

讓我們家增添了聲音

小 Pazik 啊……
希望你將來長得壯碩
長得聰明
長得熱情
像那 Pazik 山
像那太陽」

●

年輕的 Ama[5]，小心翼翼地從產婆手中捧過小 Pazik。產婆也是部落女祭司，口中唸著祈福的話，手持薑葉，沾了清水，灑在嬰兒肚子，表示驅邪。

產婆拿起剪下的臍帶，放入一個木盤，雙手鄭重端起，呈給 Ama。Ama 把

---

① 美崙山。
② 鬼頭刀魚。
③ 天神。
④ 祖靈。
⑤ 父親。

Pazik 交給祖母，空出雙手，自產婆手中接下木盤，走到戶外，在一棵大茄苳樹下，蹲下身來，用手挖了土坑，再恭恭敬敬捧起胎盤，放入坑中，用土覆蓋。

女祭司和 Pazik 的祖父母也走了過來。大家吟唱，向 Malataw 和 Kawas 祈禱，也向 Malataw 和 Kawas 感謝。

「這初生的新生命
有明亮的眼睛
健康的身體
活力的精神
是 Kawas 賜給的
是 Kawas 守護的」

重複唱了一遍之後，四個人再以不同的曲調合聲唱出：

「土地就是我們的生命

母親滋養胎兒的臍帶
胎盤埋土後化為守護神
守著新生的娃娃
並請讓娃兒繼續長大」

## 成年禮／木神Sakul祭

時間飛快，Pazik十五歲了，今年要舉行成年禮。而成年禮也是木神Sakul[6]祭。

撒奇萊雅（Sakizaya）是年齡階級制，十二歲到十六歲的男子，一起舉行成年禮，成一階級。成年的男子，就成了「戰士」。每個戰士必須在部落的刺竹林外層，再築一圈刺竹。今年的達固部灣，新種下了八十株刺竹。刺竹圍起高牆，保護著部落，年年久久。

⑥ 茄苳樹。

種完刺竹，八十位新戰士齊聚著部落中那棵最巨大的茄苳樹木，高聲唱出木神Sakul 祭的禱詞，誓言捍衛自己的部落。

「木神 Sakul 啊
這數百圈的刺竹
包圍著達固部灣
像一個巨大高牆
數百年來
是達固部灣最大屏障
連我們部落之人
出入都要靠兩個神祕水道[7]

木神 Sakul 啊
您偉大的情操
我們永遠不忘

您千古的護衛
我們永遠感懷

木神 Sakul 啊
這些孩子都長大了
他們也將加入保護達固部灣的行列
風吹
雨淋
火燒
土生
自愛且愛人
永遠不忘
祖靈深重恩德」

⑦ 因為達固部灣部落被刺竹林環環包圍沒有陸路進出口，只有在竹林中一個隱匿的水路進出口。入口在今花蓮市美崙溪農兵橋附近，出口在今四維高中附近，出入必須潛游，也不能迷失方向，所以撒族人認為固若金湯。

## 婚禮

Pazik與伊婕・卡娜少（Icep Kanasaw）在Bangas[8]樹下成婚。
Bangas是新娘的最愛。
她選擇在Bangas花下舉行婚禮，來期許婚姻之美好。
在紫色的Bangas花蔭下，
新娘卡娜少的粉紅笑靨，
比Bangas花更嬌豔。
新娘卡娜少的甜美歌聲，比Bangas枝上的青眉鳥鳴更悅耳。
新娘卡娜少的舞姿，比自Bangas樹飄下的落花婀娜多姿。
新郎Pazik的身軀，比Bangas的枝幹還挺拔。
新郎Pazik勇武有力，多才多藝，像堅固又能驅蟲的Bangas木板，是蓋房子首選，用途多多。

卡娜少和 Pazik 將組成一個甜蜜的家庭。
Kawas 在上，讓卡娜少與 Pazik 的家庭，像 Bangas 的花蔭那麼美麗甜蜜。
讓他們的兒孫，像 Bangas 的花朵那麼繁茂眾多。

## 海祭

海，是撒奇萊雅族的生命之源。
海中生物，是撒族人命名來源。
Pazik 是鬼頭刀魚，
Kanasaw 是海膽，
Kalang 是毛蟹。
撒族人的美食來源，諸多水中生物。
撒族人的神話故事，許多來自海上。
撒族人吃美食思源頭，

⑧ 苦楝。

感恩海，感恩河，感恩水。

撒族人精於造船，

船身來自麵包樹樹幹，

風帆來自煮過的林投葉，

黃藤、麻竹，固定船身。

夜間啟航，星光帶路，海風輕拂，

潛水撈魚捕蟹釣蝦，樂活愜意。

到了海祭，部落競技。

大人小孩海角聚集，

加禮宛人來同熱鬧，

部落新船互相炫耀。

●

撒奇萊雅，河海山崖，

綺麗風景，快樂子民。

每個部落各有頭目，
達固部灣世襲總目。
去年歲暮，
Ama 遽歿，
Pazik 繼位，
登基總目。

●

海祭開始，總目就位。
布好祭品，新船下水。
祭司禱告「海神保佑，風平浪靜。
Kawas 祝福，漁獲豐收。
Malataw 祝福，人船順遂。」
眾人高唱歡悅
歌聲呼喚祥瑞

新船下水，選手划船競速。
海浪陣陣，為歌聲配舞步。
海風襲襲，替船隻催速度。
先比快慢，再比漁獲。
各船返航，倒出魚蝦。

●

秤斤論兩，相互較量。
驕陽漸落，海潮漸漲。
興高采烈，眾人皆歡。
祭司率領，眾人肅立，面對大海，再頌禱詞：
「感謝海神
感恩海神
年年歲歲
我們祭拜

歲歲年年
我們感謝」
總目 Pazik，高聲宣布，海祭結束。
撒族眾人，漸上歸路，
加禮宛人，同聲歡呼。

大比宛汝（Tabi Wanlu）[9] 加禮宛總頭目盛裝打扮，威風凜凜，自群眾走出，
規留武代（Kyuliw Utay）[10]，青壯之首，帶五戰士，每人各攜一豬。
「Pazik 頭目請留步！
撒奇萊雅的朋友們，
加禮宛請求相助！」

⑨ 在漢人文獻中稱「大肥宛汝」。
⑩ 在漢人文獻中稱「龜劉武歹」。

## 第一幕　白浪

**地點：Pazik之頭目家屋**

**人物：Pazik、大比宛汝、卡娜少、規留武代、巴胡・卡朗（Pahuk Kalang）**

大比宛汝：尊貴的 Pazik 總頭目

　　請讓大比宛汝代表所有加禮宛人，再向撒奇萊雅人表達最高謝意。

　　我父生前千交代萬叮囑，「加禮宛人必須永記撒奇萊雅人的恩情。有撒奇萊雅的大方慷慨，加禮宛人方有這塊棲息之地。大恩永不能忘！」

**Pazik**：勇敢的大比宛汝總頭目

　　我們撒奇萊雅人也都認為，「加禮宛人是撒奇萊雅人最好的朋友。沒有加禮宛人的教導，撒奇萊雅人就不知如此種出美麗的稻子，如何煮出好吃的米飯。」

大比宛汝：猶記數十載之際

　　噶瑪蘭天災人禍

　　白浪蠶食田地

　　洪水肆虐奪命

父祖流離失所
含淚揮別故土
數帆扁舟渡海
幸獲祖靈庇佑
感謝撒族慷慨
賜我大片沃土
重建家園部落
啊！美麗新世界
加禮宛開枝散葉
加禮宛衷心感謝

Pazik：當鄰居自是有緣
加禮宛是好鄰居
好鄰居教我種稻
好鄰居知好相報
好鄰居禍福同道

大比宛汝：人有未卜命運　天有不測風雲
甩不開的白浪　始終是大陰影
開路貫穿高山　運砲跨越峻嶺
官兵做為前驅　農民隨後來到
新城成移民大鎮　鵲仔埔重兵駐營
太魯閣為虎作倀　陳輝煌仗勢欺凌
北方再無屏障　加禮宛噩夢再臨

規留武代：白浪 Paylang 人多勢眾，欺我勇士，奪我婦女，詐我糧食，侵我土地，空口白話，言而無信，反臉無情，心狠手辣。加禮宛已忍無可忍。

Pazik：白浪勢力突然快速膨脹，確實憂心。幾年前，十六股庄來勢洶洶，所幸頭人黃阿鳳遽然身故，我族危機方解，鬆一口氣。但白浪日多，不只自北來，而且自南進。半年之前，大溪出口的納納、阿棉和奇密三阿眉部落，都被悲慘屠殺。
卡朗，你是撒奇萊雅軍事負責人，你有何高見？

卡朗：十六庄雖已不再，我看諸部落之間仍有小股白浪占地開墾，時有毆鬥、糾紛。白浪有愈聚愈多之勢。最近又傳出白浪與太魯閣結盟，對我們威脅愈來愈大，確實令人憂心。我們只能壯大自己，別無他法。

大比宛汝：大比宛汝今日來此，正為此事。白浪步步進逼，加禮宛後退無路，生存無門，日子難過，請求撒奇萊雅垂憐相助！

規留武代：（站了起來，雙手握拳。）今日的加禮宛，明日的撒奇萊雅。兩族必須緊密聯合。不要坐等白浪吞噬我們，我們要先攻打白浪，把他們驅離奇萊平原。

卡娜少：我們先打他們？那不好吧！

Pazik：我們以小敵大，確實應有謀略。先下手為強，或許必要。但只許成功，不許失敗，否則必將惹來報復。

大比宛汝：三個月前，我去貓公山見了英勇的馬耀・珥炳。可憐的馬耀……（突然落淚）

Pazik：（低下頭）馬耀・珥炳，我知道……。噢，到貓公山是一段很長的路。

卡娜少：馬耀・珥炳？貓公山？什麼事，我不知道……。

大比宛汝：白浪官兵不只欺凌加禮宛與撒奇萊雅，他們像水一樣，無孔不入，自北、自南、自西來。白浪在奇密社不遠的拔仔庄設了大營，聽說還要在水尾成立官署。白浪到處占土地、搶女人。在阿棉的通譯林東涯，一個人搶了納納、阿棉、奇密，五個女人。奇密的Kafook忍無可忍殺了林東涯，白浪竟以林東涯被殺為由出動大軍，馬耀・珥炳率領三個部落戰士英勇相抗，勝多敗少，白浪不敵。不想白浪奸詐狠毒，佯和設局，一舉坑殺一百六十戰士。馬耀倖免於難，集結殘部再戰，力竭被擒。白浪對他，先虐後殺，開心剖肝。唉……我也不忍再說下去了。

Pazik：白浪確實又貪婪又凶殘。我們幾個族群，數十部落，在這縱谷、海邊，數百年來相安無事。白浪一來，我們就獵場遭占，田園失守，婦女被奪，居住無所，真欺人太甚！

規留武代：白浪謀我，加禮宛遲早被侵奪。下一個就輪到撒奇萊雅被吞噬。就好像蛇吃掉兔子，下一個就輪到田鼠、小鳥。

大比宛汝：所以加禮宛要求撒奇萊雅兩族合作，消滅鵲仔埔，趕走白浪！

Pazik：鵲仔埔？聽說那裡有五百名白浪官兵，不但有槍還有砲。

卡娜少：沒有和平相處的可能嗎？例如我們每年給鵲仔埔十隻肥豬或百條大魚。

卡朗：我贊同規留武代的意見。大蛇吃完野兔，也不會永遠就吃飽，下次連樹上的鳥巢也逃不過。倒不如先把這大蛇解決了，才是永絕後患。

規留武代：白浪的貪慾永無滿足，十隻豬只夠塞他們的牙縫。馬耀・珥炳為什麼要反抗？我忘不了馬耀的話和他生氣的樣子。他說：

一個通事就要娶五個阿眉女人，女人都被他們白浪娶走了，我們怎麼娶老婆？一個通事就要十二人為他扛轎，我們哪有時間去狩獵？在他們眼中，我們的家園，是他們「借」給我們用的，他們隨時可以占用。我們只是他們的僕人，他們的奴役。

祖靈在上，將來我們的子孫也如此被欺壓，我們會不流淚嗎？我們對得起祖靈嗎？

大比宛汝：本來我也不贊成打仗，但是，實在忍無可忍了。

大比宛汝、規留武代：（合）

祖靈在上，人不犯我，我不犯人；人不犯我，我不犯人。

祖靈在上，佑我出擊，佑我戰勝，驅逐白浪，還我家園。

撒族助我，方有勝算；撒族助我，方有勝算。
兩族合作，趕走白浪；兩族合作，趕走白浪。

卡朗：Pazik頭目，他們說得對。白浪的戰術是各個擊破，先吞噬了納納與阿棉，現在輪到加禮宛，終有一天輪到撒奇萊雅。所以撒奇萊雅必須接受加禮宛的建議：兩族合作，趕走白浪。

Pazik：光坐在這裡是抓不到大蛇的。要抓大蛇，必須擬定計畫，我們要趕走白浪也要有計畫，然後去實現。來！我們開始行動吧！

## 第二幕　商議

**地點：Pazik頭目家屋**

**人物：Pazik卡娜少、卡朗、大比宛汝、規留武代**

Pazik：加禮宛頭目啊
　你們認為，要如何殺光鵲仔埔的白浪？
　鵲仔埔雖只五百白浪官兵
　人人有新式槍枝
　還有西瓜大砲
　砲彈有西瓜那麼大
　我們只有佩刀、弓箭、鏢槍。
　弓箭難敵槍枝
　鏢槍難敵大砲
　請大頭目告訴我們，加禮宛的計畫，撒奇萊雅自當全力配合。

大比宛汝：鵲仔埔白浪五百

我們就要出兵一千
加禮宛可以出兵七百
請求撒族相助三百

Pazik：（搖頭）兩隻野兔，能打贏一條大蛇嗎？
我們不能只有勇氣，沒有謀略。

規留武代：（看了看大比宛汝）
夜黑風高，星月無光。
我們在夜間突襲官兵營盤
白浪還在夢中
我們砍他人頭
像砍檳榔一樣

卡娜少：聽說官兵多得像蝗蟲
殺他一批，又來一批；
殺了五百，絕對又來五百，甚至更多。

大比宛汝：（低頭喃喃自語）那怎麼辦？

規留武代：我們殺光了官兵，就占領鵲仔埔營盤，固守營盤。

卡娜少：（搖頭）然後呢？

卡朗：（眼露喜悅之色）我有一個想法

Pazik：請說。

卡朗：我們撒奇萊雅有 Bakawan 溪[11]，方便取水；
你們加禮宛族也都到加禮宛溪來取水。
請問鵲仔埔營盤，水自哪裡來？

規留武代：（興奮）卡朗兄弟好主意。鵲仔埔五百人，每天都派人去 Bacawan 溪上游的一條小支流取水。那條 Bacawan 的支流又窄又淺，我們用石頭和泥土把那支流阻斷了，讓鵲仔埔沒有水喝，他們不得不退。

大比宛汝：白浪除了依靠 Bacawan 溪支流的水，也在營寨中挖了二口井，我們只斷 Bacawan 支溪水，也沒有用。

卡朗、規留武代：（異口同聲）所以我們還要占領他們的營寨，然後用大石頭封井。

[11] 美崙溪。

沒有井水，也沒有河水，白浪就非放棄營寨不可。

Pazik、大比宛汝：（異口同聲）好，就是這樣！規留武代率七百加禮宛戰士，卡朗率

三百撒奇萊雅兄弟，阻斷支流溪水，夜襲鵲仔埔營盤，填塞井水，

驅走白浪。

卡娜少：（走出室外，到大茄苳的樹下）

木神Sakul[12]啊

為什麼我心中，像有大塊石頭，重重壓住？

為什麼我心中，像是驚悚山羌，怦怦亂跳？

那些男人們啊，會不會把事情想得太簡單了？

男人願意保護家人，

男人力氣很大，

男人跑得很快，

男人當然也很勇敢，

但男人只會橫衝直撞，

男人總是顧首不顧尾，

男人總是一廂情願。
聽說山那邊有更多更多白浪，
趕走了鵲仔埔的白浪，趕得走新城、大港口和其他地方的白浪嗎？

我們是不是應該聯合太魯閣？
雖然太魯閣已經和白浪交朋友。
我們是不是應該去聯合那荳蘭？
雖然他們人數不多。
我們是不是應該去聯合木瓜部落？
雖然他們與太魯閣是好朋友。

Malataw 啊，Kawas 啊，木神 Sakul 啊！
請保佑撒奇萊雅。

⑫ 撒奇萊雅人對茄苳樹的稱呼。

向白浪宣戰以後，
會不會就是一連串的戰爭，
撒奇萊雅將不再平靜，
撒奇萊雅將不再安全，
可是，也不能任憑白浪，
永無止境地
欺凌加禮宛與撒奇萊雅。
Malataw 啊，Kawas 啊，木神 Sakul 啊！
請告訴我，我們應該怎麼做才好？
請告訴我，我們應該如何保護自己？
請保佑撒奇萊雅。
請保佑加禮宛。

## 第三幕　訂盟

**兩族族人，齊聚在兩族交界處，圍著一個比人高許多的白色巨石，人人盛裝，地上擺滿祭品，巫師唸著禱詞。**

大家齊唸：晴空萬里
陽光普照
大山之下
兩族之界
共立巨石
歃血立誓
Malataw 在上
Kawas 在上
祖靈見證
兩族互助

永結同心
有如此石
兩族合作
緊密牢固
有如此石
兩族友誼
風雨不移
有如此石
兩族長在
友誼繽紛
有如此石
盟約長在
天長地久
有如此石

## 第四幕　凱旋

**地點：達固部灣部落內**

**人物：被卡娜少視同女兒的少女露篤古（Lutuk）、長老卡朗的兒子帝瓦伊（Tiway）**

帝瓦伊：卡娜少通知我們立刻去加禮宛？

露篤古：好消息報予你知道

　　我們的聯軍令人驕傲

　　把鵲仔埔的白浪打得發抖

　　卡娜少要帶我們去加禮宛慰勞

　　而你被選為十五歲級青少年領導

帝瓦伊：十五歲級青年領導

　　這是莫大榮譽

　　謝謝 Malataw

　　謝謝 Kawas

　　謝謝祖靈

保佑我們
打敗白浪
保佑帝瓦伊
成為戰士

**地點：加禮宛頭目家屋前廣場上**
**人物：大比宛汝、規留武代、Pazik、卡娜少、卡朗、露篤古、帝瓦伊**

規留武代：大家來看，這是我們俘獲的白浪大砲。
它的砲彈比西瓜還大！
誰有這樣的神力去俘獲？
撒奇萊雅的戰士卡朗！
卡朗的戰功真是輝煌，
白浪的援軍被他阻擋，
白浪頭目楊玉貴，

也被射殺陣亡。

卡朗：（急）

不對，不對！卡朗如何敢居第一功，第一功是規留武代。

白浪大頭目聞訊來襲，火力強大，我們心急。

眼看即將落敗，是規留武代翻轉戰局，

先一槍射中陳得勝手臂，又一槍讓陳得勝從馬上掉下。

白浪肝膽俱裂，抱頭逃回軍營。

我軍歡呼獲勝，擄砲凱旋。

Pazik：（惑）

所以你們並沒有攻入白浪大營？

規留武代：（搖搖頭）

Pazik：所以你們也沒有能用石頭填平大井？

卡朗：（搖頭）

規留武代：（搖頭）

卡娜少：所以你們也沒有能把 Bacawan 溪支流的水斷流？

卡朗：（搖頭）

Pazik：那我們在慶祝什麼？只為了俘獲一個西瓜砲？殺了一個小頭目？

卡娜少：（嘆了一口氣，走到廣場遠端。）

（廣場的柴火，霎時熄滅，而人聲漸寂。）

## 第五幕　禱告

**（大茄苳樹的樹下）卡娜少自廣場走過來，走到大茄苳樹下。**

卡娜少：（向大茄苳禱告）

木神 Sakul 啊，請告訴我，
為什麼，我會有不祥的預感。
Malataw 啊，Kawas 啊，請告訴我，
為什麼，我的心情，如此惶恐？
為什麼，我覺得，我們好像做錯了什麼？
為什麼，我覺得，美好的日子好像一去不復返了？
我的眼前，好像看到，
在達固部灣，在 Pazik 山下，滿地的鮮血。
我的眼前，好像看到，滿天的火焰。
我的胸膛，如此噗通噗通跳。
我的耳邊，好像聽到，慘叫的聲音。

即使那是敵人的慘叫，
即使那是敵軍的鮮血，
即使那是敵營的火焰，
也不是令我喜歡的場面。
撒奇萊雅祖先的故事，從來沒有戰爭。
撒奇萊雅祖先的故事，頂多只有喜歡嚇人的巨人阿里嘎該。
撒奇萊雅祖先的故事，頂多是會欺騙小孩的阿里嘎該。
撒奇萊雅的地域從未有戰爭，撒奇萊雅不要戰爭。

木神 Sakul 啊，撒奇萊雅不要戰爭，
但是白浪敵人一直侵凌加禮宛及我們。
人不犯我，我不犯人，
所以撒奇萊雅過去從未有戰爭。

人既犯我撒奇萊雅，撒奇萊雅抵抗有錯嗎？

木神 Sakul 啊，這世間為何有白浪？
白浪總是要，侵占他人的土地。
白浪總是要，強奪他人的妻女。
白浪總是要，砍光原野的樹林。
白浪總是要，殺盡山中的野獸。
木神 Sakul 啊，請教導我們撒族，
如何抗拒白浪，
如何保護自己，
人不犯我，我不犯人。

## 第六幕　台灣府

**地點：台灣府**

**人物：台灣道道台夏獻綸、台灣鎮總兵吳光亮**

吳光亮：後山新城鵲仔埔營官陳得勝來報，

加禮宛番膽大妄為，

巾老耶番甘為幫凶，

竟合軍突襲營寨，

擄走西瓜大砲，

先鋒哨官殉難。

卑職決定率軍親征，

蕩平加禮宛，

擊破巾耶番。

我大清國不容挑戰，

普天之下，莫非我土，

率土之濱，皆是我民。

順我者生，逆我者死。

夏獻綸：總兵三年前親率飛虎營，

在崇巖峭壁中開山闢路，

蠻煙熱疾肆虐，將軍幾成後山白骨。

幸得祖宗庇祐，半載始得痊癒復出。

去歲發兵璞石閣、水尾。

年初剿平阿棉、納納阿眉番，出征方歸，

旋踵又要再過危崖密菁，跋涉窮山惡水。

對付凶番加禮宛、巾老耶

指望生番仰德歸順，讚嘆將軍功高名垂。

吳光亮：此卑將之職務也，何足道哉，只望不再有番害也。

夏獻綸：本官也請總兵得留情時且留情，上天有好生之德。

納納、阿棉之役，總兵立功雖大，惟何大人⑬已明白指示不喜殺戮過重，相信

總兵也注意到了。

---

⑬ 閩浙總督何璟。

吳光亮：唉，道台才是大清第一位到台灣後山巡視的官員。
那何大人則遠在福建，從未親見生番，
怎會了解生番蠻荒之野，頑冥不靈，缺乏教化，
怎會體會我等在這台灣瘴癘之地，毒蟲猛獸，蔓煙惡氣
隨時有熱疾怪病、凶番伏殺之喪命之虞，
生番不作亂興事，卑職何必生非多事？

夏獻綸：唉，後山啊，後山。
想當年，康熙聖祖慈祥，規劃土牛紅線，涇渭分明，民與番兩不相犯。
但時局已變，洋人覬覦，倭人來侵。
自光緒元年，沈葆楨大人開山撫番，
康熙爺的番界自治時代理念不再，
過去的部落番人自理已逝，
後山開路先鋒官兵真是如人飲水，冷暖自知。
至今多少官兵死在後山瘴癘，竟成異域鬼魂。
此本官所以不顧多用兵也。

吳光亮：道台之言，道盡開山之苦，撫番之難。
　　卑職來台第二年大病一場，臥床數月死裡逃生。
　　而後山崇山峻嶺，漫野林菁，羊腸鳥道，天昏地晦
　　與那些身手矯捷，神出鬼沒的生番作戰，
　　簡直是每日皆自鬼門關口閃過。
夏獻綸：將軍辛苦。
吳光亮：對愚昧生番，卑職的原則是，
　　彼若聽令，則我不犯彼；
　　彼若妄動，
　　我就是張獻忠那七個字了，
　　「殺殺殺殺殺殺殺」。
　　當年張獻忠殺的是無辜之民，
　　卑將殺的是造反之番，
　　固不可同日而語。
夏獻綸：（苦笑）
　　吳帥總是如此剛強。

先父在世之日，經常百般提醒卑職，
老子曰柔弱勝剛強。
「將欲歙之，必固張之；
將欲弱之，必固強之；
將欲廢之，必固舉之；
將欲取之，必固與之。
是謂微明，柔弱勝剛強。」

吳光亮：道台既然如此苦口婆心，卑職焉敢不記于心。
何大人已派漳州總兵孫開華率擢勝後營來支援剿番。
孫開華是鮑超愛將，智謀能斷聞名。
有他相助，卑職大可放心。
孫總兵再二天可抵達雞籠。
擢勝營自北部海路，
飛虎軍自南部陸路，
海陸夾擊加禮宛，

讓他們插翅也難逃。

夏獻綸：這加禮宛番，何以造反？
本官想在將軍出兵之前，再給他們一個改過機會，
看看是否有化解之餘地，
化干戈為玉帛。

吳光亮：道台慈悲愛民，皇天后土共鑒。
請道台遣人去加禮宛，
若加禮宛番願意悔過出降，實則彼之萬幸；
若彼等頑迷不悟，要與大清對抗，那就莫怪卑職發兵征剿了。

夏獻綸：唉，其實該怎麼說呢，
那些番人，也有他們的苦處與痛處。
就如〈台灣竹枝詞〉所述，
開山撫番之前，
番人日子是天高皇帝遠，
「誰道番姬巧解釀，自將生米嚼成漿。

竹筒為甕床頭掛，客至開筒勸客嘗。」
看他們也會釀酒、迎客，生活愜意。
「縣城西去是柴城，村婦番婆結伴行。
多少山花偏不戴，昂頭任重步輕盈。」
番婦婀娜多姿，自有格調。
千百年來，番人在山巒天地中，雖無教化，也算自有紀綱，自得其樂。
如陳第所言：「夜門不閉，禾積場，無敢竊」，還讚美他們「其無懷，葛天之民乎！」
但他們偶會砍人頭顱，粗鄙無文，缺聖賢之教化。
當今聖上決定「開山撫番」。
普天之下，莫非王土。
率土之濱，莫非王臣。
古有明訓，天經地義。
番人之域，自當納入。
番人教化，有待完成。

我們豈願殺戮番人，
但求教化番人，
讓番人習禮儀，去惡俗。

吳光亮：道台說得極是。
卑職正在草擬〈化番俚語〉，
若今年能一舉降服後山番社，
包括納納、阿棉、奇密、加禮宛、巾老耶後，自當頒布。

夏獻綸：將軍用心良苦，
但願番人體會。
自番人看來，千百年安寧生活被擾，也是⋯⋯。
唉！我會再給他們一個機會，
先派宜蘭知縣邱峻南，
帶噶瑪蘭熟番部落頭目到加禮宛會見其頭目，
先好言相勸，勿起干戈，
否則朝廷絕不寬恕。

## 第七幕　花蓮港

**地點：花蓮港**

**人物：孫開華在船、吳光亮在陸**

吳光亮：海陸兩軍大會師
　　　　南北雙路來合擊
　　　　先剿元凶加禮宛
　　　　再討從犯巾老耶

孫開華：漳州雞籠又花蓮
　　　　千里揚波過海洋
　　　　擢勝大營千湘勇
　　　　更有兩百海字營
　　　　五百鵲仔埔駐軍

吳光亮：兵發拔仔庄
　　　　行軍三晝夜

飛虎千廣勇
喜會擢勝營
劍指加禮宛
氣吞巾老耶

孫開華：大帥，這加禮宛區區六部落三千眾，
何勞如此三千大軍遠道來伐？

吳光亮：無知加禮宛土番，竟冥頑不靈，不懂珍惜夏道台所賜好意，不知幡然悔悟。
八月十六日，噶瑪蘭知縣偕同噶瑪蘭番社老頭目，專程搭船自雞籠到加禮宛，
拜會加禮宛頭目大比宛汝。
兩人本應是舊識，三十年前好友。豈知大比宛汝不顧舊情，悍然拒見。老頭
目苦苦哀求，最後出示大清皇朝牒令，方得進入部落。
老頭目老淚縱橫：
「大清國幅員廣闊，千軍萬馬，
絕非我們小小部落所能想像。
是皇帝仁慈，體恤下民，

再賜爾等歸降機會。
若一旦開戰，將似那山崩地裂，
你們將無處可歸。」
豈料加禮宛夜郎自大，悍然拒絕：
「你們老頭子太懦弱，
豈可永遠被白浪使喚。
大砲照樣手到擒來，
火槍千枝其奈我何？」
番人既然如此狂言瘋語，今日讓他們知道大清威風！
孫開華：擢勝營千人，全憑吳帥指揮。
吳光亮：孫將軍智勇雙全，早已名揚閩粵。
我兩軍同心協力，一舉痛懲頑番。

## 人物&地點：吳光亮、孫開華率部隊在草原上慢慢行進

孫開華：（拿起千里鏡）

小將觀此間地形，洄瀾灣至加禮宛十里，盡皆竹林草叢泥淖。生番埋伏其中，敵暗我明，狙擊我軍，輕而易舉。加禮宛人暗襲我軍之後，依然好整以暇逃逸。我軍伏行半日，前進不到五里，已有十多軍士被伏擊傷亡，少數槍傷，多數箭傷。而我軍見不到敵軍，只射傷三人。

倒是連發花砲發揮作用，讓加禮宛番人震懾逃回，但我軍傷亡超過預期。

吳光亮：番人所恃，惟地形地勢。

但此處以平原為主，諒番人無所遁形。

孫開華：好極。平原前頭，竟有小山隆起，且待小將登其上綜觀地勢。

吳光亮：如此要地，焉能無人防守？只怕生番布下陷阱，將軍小心，勿陷其機關。

孫開華：小將自當謹慎從事，吳帥儘可放心。

## 第八幕　米崙山

**地點：米崙山頂**

**人物：吳光亮、孫開華、漢人嚮導**

孫開華：生番果然不知兵，只有摔角的蠻力，沒有打仗的智力，如此重要戰略高地，不知設防，真是愚蠢萬分。三百部隊戰戰兢兢，一步一步爬到山頭，竟完全不見番蹤，好似在遊山玩水！

漢人嚮導：小的住新城。這裡算是巾老耶地域，過此山二十里，方是加禮宛地域。這米崙山，是巾老耶番的聖山，番人稱為 Pazik 山，就是鬼頭刀魚山。巾老耶番深信，他們死去的長輩，魂魄會先到 Pazik 山，然後才升天成為靈魂 dito。我也不知道他們是否有平時不可登 Pazik 山的禁忌，看來也許真的只有祭典之日，才可以登上此山。

吳光亮：若是如此，那真是我大清的鴻福了。哈哈哈。

孫開華：站在山頂，奇萊平原一覽無遺。我後方是我們來的花蓮港，我右方是大海，我正前方遠處應該就是加禮宛，而我左方……啊！不好！

吳光亮：怎麼了?!何事不好？

孫開華：如果我沒有猜錯……

嚮導過來。

我左方山下部落，是否就是巾老耶的地域？

嚮導：是，大人。

吳光亮：那大山之下不遠處，看起來最大的部落，是否就是巾老耶最大部落達固部灣所在？

嚮導：是，大人。那就是巾老耶總頭目的居處。

吳光亮：如此觀之，這巾老耶與加禮宛，正好互為犄角，對我軍甚為不利。若兩番形成聯盟，今我軍攻加禮宛，則巾老耶必攻我後路，而成兩番夾擊我軍之勢，對我軍大不利。如此，何以破之？

孫開華：（望山下）

末將之見，也許巾老耶番人認為我們是攻打加禮宛番，所以他們沒有設防，沒有派人在米崙山。

孫開華：（轉頭）

末將有一建議，請吳帥定奪。

我們本要直攻加禮宛，再攻巾老耶。不如改為先攻巾老耶，如此則加禮宛一定出兵去救。末將擬指派手下張兆連帶一支人馬埋伏在加禮宛到巾老耶路上，伏擊加禮宛援軍。只要斷了加禮宛援軍，即可輕易殲滅巾老耶。

然後我軍分三箭頭：

第一支箭，吳帥由米崙山攻過去，是南路。

第二支箭，末將由巾老耶進攻，是西路。

第三支箭，是陳得勝及胡德興的八百人，自鵲仔埔，並有太魯閣人相助，是北路。

這樣，加禮宛插翅難逃。

我軍立於不敗之地。

巾老耶被我們突擊，一定士氣崩潰，

加禮宛變孤立無援，只有乖乖投降。

吳光亮：（朝天大笑）

好計，好計！
孫將軍果然善用兵，
我吳光亮則善將將。
就這樣辦，
巾老耶措手不及，
加禮宛崩潰在即。
眾軍聽令，今日就先在此休息。
明日一早丑時，眾軍改往巾老耶前進！

**地點：Pazik山上**

**人物：（吳光亮、孫開華、嚮導）退，（撒奇萊雅的眾Ama及Ina）上**

Ama：我可憐的孩子們啊，

Ina：為何如此不幸。
命運的轉變，

命運的決定，
竟是在如此偶然一瞬間。
祖靈啊，救救撒奇萊雅的孩子們。
祖靈啊，快通知加禮宛去救撒奇萊雅。
祖靈啊，我的孩子們，如此善良，如此樂於助人。
他們應該得到 Malataw 和 Kawas 的庇佑，
他們應該得到 Malataw 和 Kawas 的保護，
他們應該得到 Malataw 和 Kawas 的援助。
他們應該得到 Malataw 和 Kawas 的庇佑，
他們應該得到 Malataw 和 Kawas 的保護，
他們應該得到 Malataw 和 Kawas 的援助。

## 第九幕　兩族友情

**地點：加禮宛頭目家屋中**

**人物：大比宛汝、規留武代、斥堠（一）（二）**

斥堠（一）：白浪自花蓮港登陸，人數比加禮宛和撒奇萊雅加起來還多。正沿著海岸向我們這裡前進。

規留武代：好，記得多備弓箭，能向白浪民間買多少槍，就買多少。我們早已做好準備，有六道柵欄，多處陷阱，更有巨石擋道，戰士埋伏。

斥堠（二）：報告：已殺死、殺傷白浪官兵十名，奪得槍枝三把。我方戰士只被射傷一名，但敵人開花砲厲害，我軍已退到 Pazik 山之後。

規留武代：（默默無語）

斥堠（三）：白浪軍隊今日凌晨突然轉向，沒有向我們進攻，而自 Pazik 山折往西邊，向達固部灣的方向去了。

規留武代：啊，那加禮宛可以鬆一口氣了。

大比宛汝：且慢，你們是說，白浪不攻打我們，而去攻打撒奇萊雅？

（站起來）

撒族人是我加禮宛的大恩人，此情永不滅。

撒族人是我加禮宛結盟兄弟，大石有明文。

撒族人給我們土地，

撒族人與我們合攻鵲仔埔。

日月昭昭，海浪滔滔，

兩族友情，豈是空言。

規留武代：（啞口無言）

大比宛汝：立即召集部落戰士，愈多愈好，儘速出發去援助我們的撒族弟兄！

規留武代：頭目請留步。

舉目所見，都是白浪的大軍，有如大火燒山，有如洪水氾濫。

頭目此去，如直闖火焰，如投身怒河，會被焚身，會被吞沒。

請讓規留武代替代頭目前往。

大比宛汝：上天請明鑒，我加禮宛對撒族的感謝，對撒族的情誼，

我大比宛汝不畏跳火坑，不畏投怒海。

加禮宛有難，撒族伸手。

撒族今有難，加禮宛人豈可縮頭？

我大比宛汝決定親率三百戰士赴援。

為了撒奇萊雅，我大比宛汝，必全力以赴。

規留武代：那請准我同行，保護頭目。

## 第十幕　末日前三天

**地點：達固部灣部落 Pazik 家**

**人物：Pazik、卡娜少**

Pazik：（在睡夢中突然驚醒）

為何如此喧譁？好似槍聲連發？

士兵：（來通報）

報告頭目，白浪攻打過來了。

**人物：Pazik、卡朗、伊央、馬耀**

卡朗：報告大頭目，白浪官兵突襲我們，達固部灣已被包圍。

Pazik：白浪打過來，不足為奇，可是怎麼這麼快就打過來了？我還以為他們會先攻加禮宛，然後我準備攻他們的後背，這樣撒奇萊雅與加禮宛就可以合擊白浪。可惡！這計謀被白浪識破了。他們既然來了，我們就正面應付。

卡朗：白浪在六天前坐船到達，我下令增派戰士緊密監視，但也下令盡量不與白浪發生衝突。

前三天，白浪確實是往加禮宛的方向行軍。

昨天，他們停在 Pazik 山，沒有動靜。

今天午夜，白浪突然轉向，向我們達固部灣進攻。

他們受阻於刺竹林，但切掉所有道路。

我們已無法去向其他部落求援了。

**Pazik**：我們的戰士傷亡如何？

卡朗：白浪砲轟。我們有二十多人或死或傷。現在戰士們躲在刺竹林內向白浪發射弓箭。

**Pazik**：祖靈保佑撒奇萊雅。我們盡量支撐，等待加禮宛來援。加禮宛有受到攻擊嗎？

卡朗：我們早已嚴陣以待，築好壕溝、陷阱。

男人準備好刀槍、弓箭。

女人也在卡娜少夫人率領下，已貯藏許多糧食。

年輕階層也早已被告知，一旦有變，在大山的 Sakul 樹林下集合。

我們已盡力。敵人現在被阻擋在加禮宛溪對岸。

Pazik：大家盡力，把敵人抵擋在加禮宛溪對岸，不要讓敵人進入竹林。

這百圈刺竹有如銅牆鐵壁，我們的兩個出入口又都在水中，相信可以抵擋一陣。

我對我們的防禦和後援很有信心，請大家全力作戰，持久對峙後，敵人自然得撤退。

如果加禮宛還沒有受到攻擊，大比宛汝頭目是好兄弟，我相信他也一定會派人來援助我們的。

若加禮宛人能自敵人後方攻擊他們，我們也出兵竹林外，全力反擊。雙方夾攻，一定可以擊敗白浪。

卡朗：我不知道加禮宛有沒有受到攻擊，因為兩邊的聯繫已中斷。

Pazik：好，那我親自出馬，跑一趟加禮宛，請加禮宛出兵。兩軍夾擊白浪，才有勝算，撤奇萊雅和加禮宛不能被個別擊破。

卡朗：（搖頭）

不行。Pazik，你的勇敢，我很敬佩。

你身先士卒，大比宛汝一定感動，
加禮宛戰士一定會來，他們不會坐視白浪攻打我們。
但是，您是我們的頭目，
請您留下來，與我們並肩作戰，
部落人心才會穩定。
請派伊央和馬耀兩人去加禮宛，
他們是達固部灣跑最快的人。

Pazik：（有些猶疑）

卡朗：請頭目派伊央、馬耀前往。

Pazik：好，就這樣吧。

伊央：是，頭目。

馬耀：我們馬上到加禮宛去通報。我們會全程都用跑步，頂多一人累死，另一人一定達成任務。

Pazik：（吟唱）
親愛的孩子們啊，

敵人的砲火響了，
在加禮宛溪的對岸，
勇敢的拿起刀吧，
緊緊地守住陣地的每一方寸。
竹林外是滅絕與仇恨的野嚎，
竹林內是生命與摯愛的爭鳴。
拋開所有的戰慄與恐懼吧，
為千古以來神聖的薪傳與延續，
緊緊地守住達固部灣的，
每一方，
每一寸。

## 第十一幕　末日前二天

**地點：達固部灣 Pazik 家屋門口廣場**

**人物：Pazik、卡娜少、卡朗、伊央**

（伊央由卡朗扶了過來）

**Pazik**：唉啊，伊央，你怎麼全身血污？馬耀呢？

伊央：（癱在地上，微若聲）頭目……頭目……

卡朗：（提來水桶，沖醒伊央）

伊央：大比宛汝頭目……加禮宛大頭目戰死了。
我親眼看到他被大砲擊中，墜馬而死。
馬耀也中槍死了。
我們死命全力狂奔，為了家邦。
半路巧遇加禮宛軍，欣喜若狂。
大比宛汝有情有義，冒險來援。

不料清軍早已埋伏，援軍被圍。
忽然大砲轟隆狂炸，血肉橫飛。
頭目當場壯烈成仁，援軍散潰。

Pazik：我所尊敬的大比宛汝兄弟啊，
為援助撒族，你奮不顧身。
冒死來援，犧牲己命。
生死情誼，日月永鑄。

卡朗：公無救援，
公竟救援。
救援而死，
公是完人。

Pazik、卡娜少、卡朗：（合唱）
晴空萬里
陽光普照

大山之下
兩族之界
共立巨石
歃血立誓
Kawas在上
祖靈見證
兩族互助
永結同心
有如此石
兩族合作
緊密牢固
有如此石
兩族友誼
風雨不移

有如此石
兩族長在
友誼繽紛
有如此石
盟約長在
天長地久
有如此石

地點：達固部灣 Pazik 家屋門口廣場

人物Pazik、卡娜少

Pazik、卡娜少：（合唱）

山上風聲如歌，
溪畔水聲如泣，
加禮宛與撒奇萊雅歌聲悲切。

兩族共同的快樂時光，
兩族共同的結盟歲月，
也許即將消逝，
也許不再復返來。
兩族盟約情義，
日月共鑒，
永存記憶。
Malataw 啊啊　Kawas 啊，祖靈啊，
請保佑我們，
繼續奮戰。
請讓加禮宛與撒奇萊雅，
永遠存在。

## 第十二幕　末日前一天

**地點：竹林**

**人物：Pazik、卡娜少、卡朗**

卡朗：百年刺竹林，是部落保障。
密不見天日，深不知長度。
厚不可穿越，敵人無對策。
重重機關，庇護部落，保衛家園。
敵明我暗，敵不見我，我可見敵。
弓箭自間隙飛出，敵人應聲而倒。
槍枝無用武之地，大砲其奈我何。

卡娜少：感謝 Malataw 祖靈庇護，恐怖槍聲已止。
感謝 Kawas 保佑，撒族戰士安然無故。

卡朗：敵人偃旗息鼓，
兵士全面退卻。

感謝竹林保護，
白浪知難而退。
我軍危機解除，
撒族重回好日。

**Pazik：**白浪奸詐毒辣，詭計百出。
族人不可輕心，誤上其當。

**地點：竹林**
**人物：卡朗**

卡朗：（驚恐）
大事不好！大事不好！
竹林大火！竹林大火！
可惡的白浪，怎麼想出這毒招？
先淨空，再潑油。

上百火箭，射入竹林。
巨焰沖天，煙霧瀰漫。
綠色屏障，竟成煉獄。
我們被困在火海中，
濃煙嗆倒了我們的孩子，
熱焰吞噬了撒族的戰士。
Malataw 在上！
Kawas 在上！
天神，祖靈保佑！
我的鼻子已無法呼吸。
我的眼前已一片昏黑。
我的皮膚無一處完整。
我全身劇痛無半分力量。
Malataw 啊……
Kawas 啊……

（倒下）

**地點：竹林後方邊緣，地上死者遍地，傷者呻吟**

**人物：Pazik、卡娜少**

Pazik：勇敢的孩子吶，
　我的心碎了。
　當我看見你們的屍首，
　未瞑的，
　無助的，
　躺在血地上。
　掛在木樁上。
　漂在紅河面。

　但我的心是驕傲的，

當我看見你們握著刀，
當保衛民族的生命。
用自己的血肉身軀，
在砲火與殺戮之間，
衝鋒陷陣。

卡娜少：竹林大火熄滅之後，
就是白浪大軍衝入之時。
我們要離開這裡？
我們能躲到哪裡？

Pazik：（搖頭）
我們什麼地方也不去。
我們和部落共存亡。
我們和族人共生死。
（唱）
我們的竹林燒了，

我們的屏障毀了，
我們的戰士死了。
敵人即將進來屠殺。
祖靈啊，請保佑撒族的孩童與老人。
請留下撒族的幼苗，
請不要讓撒族滅絕。
卡娜少啊，我們出降吧，請白浪饒過我們的小孩。

卡娜少：（擁抱露篤古，擁抱帝瓦伊）
露篤古與帝瓦伊，
你們兩人的父親，大概都回不來了。
敵人即將進部落了，
你們現在是一家之長，一族之長了。
請帶領你們同年齡層級的同伴，快點離開，快點離開，
到那大山 Sakul 樹林下。
撒族的孩童，要靠你們照顧。

撒族的未來，要靠你們延續。

Pazik、卡娜少：（合唱）

沾滿血污的孩子們哪，
我們就要撤退了。
惡靈的手已經毫不留情底，
帶走了八百個孩子的生命。
還在戰鬥的孩子們哪，
快走吧。

讓老朽的我，
來護衛死去孩子們的英靈。
千萬記得，逃出這裡不是苟且偷生。
未來還有更艱鉅的責任，
待你們去完成。
去吧，

你們要為生者而生。

卡娜少：白浪啊，我已舉起雙手，表示投降，請饒過我們的老人。
白浪啊，請綑綁我們的雙手，任憑處置，請饒過我們的孩童。

……

Pazik：殘忍的白浪啊，
我們的心碎了。
在我們投降之後，
你們卻繼續放火焚燒部落的每一棟房子。

我們的戰士與婦女，
屠殺盡淨。
我們的老人與小孩，
奔跑逃命。
我們的房子與田園，
化為灰燼。

你們輕蔑的笑容，比刀箭還殺。
你們猙獰的表情，比槍彈還傷。
你們殘忍的心腸，比大砲還狠。

## 第十三幕　末日之日

**地點：清晨，在茄苳樹下。**

**人物：哨官、Pazik、卡娜少**

（Pazik 被綁在一棵大茄苳樹下，卡娜少被綁在一棵苦楝樹下。）

哨官：（拍 Pazik 的臉）醒來！醒來！

**Pazik**：啊，我沒有睡著，我只是不敢睜開我的眼睛。
這是我生命中的最漫長的一夜。
這是我生命中的最內疚的一夜。
這是我生命中的最絕望的一夜。
我終夜雙眼緊閉。
因為我不忍看到，族人屍體遍地。
但我無法遮住耳朵。
白浪的槍聲，像魔音爆腦。
族人的慘叫，像利箭穿心。

焚屋的煙塵，是毒氣入胸。
我頭痛欲裂。
我無法呼吸。

我心亂如麻。
我頭痛如絞。
將來還有撒奇萊雅嗎？
是否，我將成為撒奇萊雅永遠的罪人？
愧疚感重擊我的心。
是否，我將受到祖靈嚴厲的譴責？
罪惡感啃嚙著我的心肝。
（抬頭看不遠處的卡娜少）
可憐的卡娜少啊，是我連累你受苦了。

木神 Sakul 啊，

請保佑卡娜少。

請保佑撒奇萊雅。

哨官：站好，大將軍來了！

（對 Pazik 左右各打一巴掌）

**地點：茄苳樹下**

**人物：吳光亮、孫開華、張兆連、哨官、Pazik、卡娜少**

吳光亮：這就是巾老耶的番目和番目之妻？

哨官：是的。

吳光亮：此次剿番，我方已大獲全勝。

巾老耶番首已成擒，加禮宛番首已受死，只待今日追剿加禮宛與巾老耶餘眾，

就可凱旋回師。

孫將軍，巾老耶那邊，戰果如何？

孫開華：約斬首五十，割取左耳一百以上。

Pazik：（生氣地吼著）

孫開華：至於我軍傷亡……

（轉頭看張兆連）

張兆連：擢勝後營有四名軍士殉職，傷者大約有一、二十。

此外，末將請示：巾老耶青壯，幾已殺盡，武器也已盡沒收，惟有部分老少逃至大山，請示如何處理其老少餘眾？

孫開華：待剿番結束後，由你酙酌處理吧。

Pazik：（怒瞪吳光亮、孫開華）（不停淒厲吼叫）

吳光亮：（走近 Pazik）你這番目，早知今日，何必當初？

Pazik：（繼續淒喊）

吳光亮：（走近 Pazik）

無知番首，禍延族人，悔之莫及了吧！

Pazik：啐！啐！（向吳光亮連吐二口痰）

哨官：大膽！無禮！（踢 Pazik 的肚子）

吳光亮：（笑）

這番目很頑強喔。

番人好勇，就讓他有充分表現的機會吧。

對付好勇的人，我大清承繼明朝，有個「剮刑」，或稱「寸磔」。

只有最聰明、最頑強的人，像石達開、袁崇煥，才有資格接受這種榮譽之刑。

今日就賞賜給你這位最尊貴，最有勇氣的撒奇萊雅頭目吧。

對了，我們去邀請七腳川、納荳蘭、飽干、太魯閣等部落頭目前來觀看，等他們全到了，就開始行刑。

張兆連：將軍，遵命。

（眾部落頭目來到，列隊觀看。）

吳光亮：張游擊，你來下第一刀。

張兆連：（遲遲不願）將軍……有劊子手在。

吳光亮：你戰場沒殺過人？裝什麼慈悲！你知道這第一刀要自哪裡下手吧！

張兆連：（很無奈，在 Pazik 頭皮切下一小塊皮肉。）

**Pazik**：（雙眼圓睜，眉頭不皺，雙唇緊閉。）

吳光亮：（大笑）好，你不叫，勇敢。那麼看你勇敢到什麼程度。

劊子手上！

劊子手：（劊子手上，在 Pazik 左、右兩頰各割下一塊肉。）

卡娜少：（看到行刑，發出尖叫。）

Pazik：（挺直站立，不眨眼，不皺眉，不出聲。）

吳光亮：（看了一眼卡娜少）頭目夫人捨不得頭目受苦了，哈哈。那麼頭目是否也捨不得夫人受苦？

唉呀，這邊有一棵大苦楝樹。苦楝樹，可憐樹，災難樹，凶兆樹！你看這株苦楝殘枝枯葉，一副萎靡喪氣的樣子，令人看了好不舒服。

來人啊，馬上把這棵醜陋苦楝砍了，去之而後快。

吳光亮：這礙眼的女番人，也要去之而後快。把樹幹截斷，取約十尺長度。很好，把這段十尺樹幹再劈成兩半。

（自言自語）這苦楝樹幹，就當妳的棺木吧。

（兵士如言，兩個半圓苦楝樹幹平放地上。）

吳光亮：把那女人鬆綁了，放在苦楝樹幹切面上。

（兵士自茄苳樹解開卡娜少）

（卡娜少被鬆綁，但無力而倒地。）

（兵士將卡娜少雙手與身軀一起綁起，抬起卡娜少。卡娜少被橫躺於半邊樹幹上。）

吳光亮：把另半邊樹幹蓋上。五位兵士站到樹幹上。

張兆連：（低頭轉過身）

將軍……（聲音低得聽不到）。（然後默默漸走漸遠）

（卡娜少和 Pazik 發出淒厲尖叫聲）

（兵士上去對樹幹上踐踏，卡娜少死。Pazik 淒厲慘叫，旁觀的部落頭目掩臉或轉頭。）⑭

吳光亮：（笑）來，劊子手、兵士，你們慢慢來伺候這位勇敢的頭目。

（劊子手上）

（Pazik 頭垂下，哀號漸息，轉為哭泣。）

---

⑭ 依照史實，卡娜少是被切開的茄苳樹活活夾死的。本文為了突出漢人與原住民對苦楝的感受不同，改為被苦楝樹幹夾死。

## 第十四幕　逃難

**地點：火焰漸熄的達固部灣草叢內**

**人物：露篤古、帝瓦伊**

露篤古：（單獨一人，坐在地上掩面而哭。）

帝瓦伊：（自後拍露篤古的肩膀）

露篤古，頭目要我們趕快到大山腰集合，然後開始逃難，妳怎麼一個人在這裡哭。

露篤古：好可怕……好可怕……好可怕……（哭）

帝瓦伊：快逃啊！……什麼事好可怕？

露篤古：我剛剛看到，卡娜少被白浪兵士夾在兩片 Bangas 樹幹之間，活活踏死了。Pazik 頭目被綁在大 Sakul 樹下。那些白浪兵士，輪流去割他的肉。好可怕，好可怕……

帝瓦伊：（驚）真的……有這種事……（流淚）

我 Ama 也死了，我剛剛匆匆把他埋了……。

露篤古，我們的長輩死了，我們的部落燒了，我們一無所有了。
但是，別去想了，我們要勇敢，照Pazik頭目的話去做，我們有保存撒奇萊雅族的命脈的責任。
我們必須立刻離開這裡，逃到另一個地方，建立新的家，新的部落，新的撒奇萊雅。

（拉起露篤古）

來，跟我走，勇敢些。

（兩人來到水道口）

帝瓦伊：來，我們必須跳下水。妳記得密碼？

露篤古：（點點頭）（又搖搖頭）我不敢跳。

（帝瓦伊突然抱起露篤古，跳入水中）

露篤古：（水中）（唸著密碼）Tinacay……Tinusa……tinulu……lulu……awmay[15]

帝瓦伊：（兩人同時浮出水面，游向岸邊。）

---

[15] 撒族語之「一、二、三、四、五」。

露篤古：（兩人回首望著部落，再望著遠處的 Pazik 山。）
我美麗的家園啊，已成灰燼。
我親愛的家人啊，已經長逝。
Pazik 山啊，請接納我的父母。
Malataw 啊，Kawas 啊，請指引我們到新天地，建立新的撒奇萊雅。
（兩人往大山跑去，沿路上遇到好幾名離散的小孩，隊伍人數愈來愈多。）
露篤古：可憐的小娃娃們，累了嗎？打起精神來，跟著露篤古。
來來來，跟阿姐一起走，大山就在前面了。

**地點：大山之腰**
**人物：露篤古、帝瓦伊**

帝瓦伊：感謝 Malataw，感謝 Kawas，大山到了，Sakul 樹林在望了。加油，我們暫時安全了。
露篤古：十七年部落已成空，

倖留生命如夢中。
面對現實接重任，
繼承父祖保族宗。

帝瓦伊：祖靈降重任。
揮別舊故鄉。
人小志氣高。
水璉新世界。

## 第十五幕　大山

**地點：大山半山之茄苳樹林下**

**人物：露篤古、帝瓦伊、撒奇萊雅老、少群眾**

眾人：看，樹頭上的綠繡眼，

牠的叫聲愉悅，

因為牠有個家。

看，這些螞蟻列隊跑，

搬運食物回家。

小小動物都有家，

但是我們沒有家。

綠繡眼的鳥窩，在那樹梢。

小螞蟻的蟻穴，在那樹下。

何處是我們的家？

何處是我們的部落？

我們的部落，一夜之間被焚毀。
我們的家人，一夜之間被殺害。
我們的家園，不再是我們的家園。
我們的土地，不再是我們的土地。
我們的河流，不再是我們的河流。
我們的天空，不再是我們的天空。

**人物：天上的卡娜少（靈魂）**

卡娜少：（天空中卡娜少的聲音）
可憐的撒奇萊雅子民們啊，
你們甚至還不算安全呢。
白浪還在追殺你們呢，
你們只看到有家的綠繡眼和小螞蟻，
你們要學習家無定所的蜘蛛，

蜘蛛建構起來的網——牠的家，
常被風雨摧毀，被人獸摧毀。
蜘蛛不會徬徨，
立刻再找一處地方，
動工再織出一個家。

可憐的 Pazik，為了爭取他的子民逃走的時間，
正在忍耐著痛苦。

你們趕快決定要逃到哪裡，
找一個安全之地，
去重建撒奇萊雅人的家園。

撒奇萊雅主幹雖倒，
撒奇萊雅枝葉還在。

撒奇萊雅開枝散葉。
撒奇萊雅種子還在，
撒奇萊雅種子發芽，
撒奇萊雅發芽開花，
撒奇萊雅開枝散葉。

**地點：大山半山**

**人物：露篤古、帝瓦伊、撒奇萊雅老、少群眾**

眾人：不好了，不好了。
　大家看那山下，塵土飛揚，人馬嘶喧，
白浪的軍隊找到我們，追過來了。
我們只有三條路：
一趕快逃跑，遠去水璉尾或馬立雲建立新家。
二投降白浪，不知這位將軍如何對待我們？

三暫時躲避，逃入大山山內，再看老天安排。

少年一：我要逃入山內。

少年二：我要到馬立雲。馬立雲雖然遠，但沿著縱谷走一定到，我相信我走得到。

帝瓦伊、露篤古：要到水璉尾的跟我們走。到水璉尾的路有些複雜，但是我相信我們找得到，祖靈會帶領我們。

**地點：大山下**

**人物：張兆連**

張兆連：（自山下喊話）

巾老耶番人們，

大山不適合你們生活。

白天很熱，

晚上很冷，

還有猛獸。

我張兆連正式保證，不再殺害你們，只要你們不再反抗。
所有巾老耶人，將被遷徙到加禮宛河對岸。
自今天起，巾老耶的土地，不再是你們的土地，是大清的土地。
你們是大清的子民，稱為「歸化社」，接受大清皇帝的統治與命令。
「巾老耶」這名字，自此刻在地圖上消失，在文字上消失，在人間消失。

**地點：大山半山**

**人物：露篤古、帝瓦伊、撒奇萊雅老、少群眾**

帝瓦伊、露篤古：（合）

達固部灣的同伴們，撒奇萊雅的兄弟們，
我們要保留撒奇萊雅的名字。
保留撒奇萊雅的習俗。
保留撒奇萊雅的傳統。
撒奇萊雅的祖靈永遠留存。

我們是永遠的撒奇萊雅。
風吹　雨淋　土生　火燒，
敬神　勤奮　自愛　愛人。
留在這裡，就變成歸化社，不再是達固部灣。
留在這裡，就變成大清國，不再是撒奇萊雅。

眾人：（眾人議論紛紛）
我到哪裡去？
我們到哪裡去？
何處是我們的家？
我們要在哪裡重新建立我們的家？
少年一：Pazik頭目和我們的父母都曾告訴我們，要逃到遠方，重建家園，水璉尾也好，馬立雲也好，我們應該照著頭目的話去做。
少年二：頭目為了爭取時間讓我們逃走而出降。我親眼看到他現在正在被虐殺，那些凶殘的白浪。所以我們應該……

（少年哭了起來，竟無法說完。）

少年三：我們的家和部落變成灰了，
我們的頭目也不會回來了，
我們的土地也不再屬於我們了。
讓我們流浪到遠處，
找地方重建我們的家，
重建我們的部落，
不要讓我們的頭目白白犧牲。

少年四：馬立雲離這裡那麼遠，而且要經過邦查人的地域，真太難了。

少年五：我們避到這裡的山洞去吧。

少年一：我決定去馬立雲。

露篤古：我決定去水璉尾。
二年前，Ama 帶我去過水璉尾的獵場，我依稀記得怎麼走。

少年二：我加入去水璉尾。

少年三：往海岸逃則至水璉尾，往縱谷逃是馬立雲。馬立雲雖遠，但比較平坦好走。

帝瓦伊：到水璉尾要多久？

（看一下孩童）

露篤古：現在出發的話，我們腳程不快，又有大河在前又可能有七腳川人阻撓，希望明天黃昏以前可以到。

眾人：啊，白浪將軍下馬了，他們要上山來了。

少年四：我們避入山谷吧！

露篤古：我們現在就出發去水璉尾吧，我來帶路。

帝瓦伊：歡迎又有四位要加入我們。好，到水璉尾獵場的二十人，出發了！

帝瓦伊、露篤古、二十位孩童：（合唱）

出發！出發！出發！

讓我們：

越過七腳川溪

逃過白浪追兵

閃過七腳川人

穿過納荳蘭、薄薄、里漏
渡過那滾滾大河
避過那山中猛獸
到水璉尾新鄉
再建我們家園
收起你的眼淚
收起你的懷念
收起你的哀痛
前進！前進！前進！
向水璉尾前進

## 第十六幕　受刑

撒奇萊雅部落外

Pazik（被綁著）、士兵二人

士兵一：從中午到現在，日頭已經偏西了，我的手割得都痠了，這番目卻還站得直挺挺的，真是堅強。

士兵二：地上皮肉至少好幾百片了，血也流得遍地了，連我們都看得不忍心了。那些邦查人，或轉過頭，或閉上眼睛。叫他們來看，說是殺雞儆猴，也許反而讓番人同情他。我們這樣做，會不會太過分？

Pazik：（微弱，在心中想）
我不能死，我必須堅持下去，爭取讓孩子們逃走的時間……

士兵一：說實話，我對這番目產生敬意了。

士兵二：是啊，這二年，我和番人有些接觸。老實說，他們有些想法，確實有些道理，有些做法，也讓我佩服。例如他們說話算話，很守信用，個性直爽，對族人非常好。整個部落就是大家庭，不會自掃門前雪……。

Pazik：我可憐的孩子們哪，
擦乾你們的眼淚吧。
劊子手的刀在我的身上虐舞，
並不會加我痛楚。
我的心像 Sakul 樹一樣平靜。
你們看哪卡娜少的血是那麼的潔淨無瑕。
天上的使者來迎我們了，
你們離去吧。
挺起傲骨擦乾眼淚，
勇敢堅強底活下去。
天就黑了，
天就要黑了，
我看不見，
看不見，

你們了。

（聲音愈來愈微弱）

……

……

（突然用力高呼）

撒奇萊雅永遠不死！

（死）

## 第十七幕　受難的靈魂

地點：Pazik山

人物：Pazik、卡娜少

兩個受難的靈魂，
Pazik 和卡娜少，
終於在 Pazik 山上再度擁抱。
Pazik 告訴卡娜少，
妳我今天流下的每一滴血，
都將變成一個靈魂，
未來成為我們的子孫。
在海邊長大，
在山谷長大，
撒奇萊雅將再度復興。

加禮宛也將再度復興。
撒奇萊雅與加禮宛的故事，
將永遠留存。
撒奇萊雅與加禮宛的結盟，
也將永遠留存。
祖靈啊，
請饒恕我們。
我們已經盡力。
請容許我們兩個受苦的靈魂，
疲憊的靈魂，
哀傷的靈魂，
堅持信念的靈魂，
永不屈服的靈魂，
能找到一棵卡娜少最鍾愛的苦楝的樹蔭下，

暫時休眠，
等待這一天的來臨。
日月山川，
見證我心，
讓撒奇萊雅早日復興。

## 第十八幕　水璉尾

地點：水璉尾（Ciwidian）

人物：二十位少年

全體少年：（合唱）

感謝 Malataw 的庇佑。

感謝 Kawas 的庇佑。

我們終於避過七腳川人的襲擊。

感謝納荳蘭的暗助。

我們終於渡過那滾滾的大河，

也終於擊退猩紅目光的野豬。

露篤古啊！我們向妳敬禮。

妳真是卓越的領路者，帶領我們來到這個安全的所在。

從今天起，我們就稱妳領路者 Sayum 撒云[16]。

感謝 Malataw。
感謝 Kawas。
賜給我們這塊新土地。
水蛭[17]之地。
龍眼之地。
有挑戰，也有賜福。
挑戰的另一面，就是賜福。
讓我們在這塊挑戰與賜福的新土地上。
繁衍我們的子孫。
重建我們的部落。
繁衍撒族的血脈。
從今日起，
毛蟹・帝瓦伊 Tiway Kalang 就是我們部落的首任頭目。

---

⑯ Sayum，帶路者。

⑰ 水璉尾Ciwidian，在撒奇萊雅語為水蛭，在邦查（阿眉）語為龍眼，當時的水璉尾有班查人在，後來才慢慢搬離。

## 第十九幕　馬立雲 Maibul

在 Botang⑱ 用以爬到天上的山巔石梯之下。
在那巨石背面山洞之內。
在那蜿蜒的溪流之側。
有個隱蔽的地域。
這裡自古就是我們撒奇萊雅在千里之外的祕境。
今日成為撒族逃避惡人之福地。
讓我們遠離群眾。
讓我們遺世而獨立。
我們在此安身立命，
繁衍撒族的子弟。

……

十六年後，一八九四年，

有個自稱「鐵漢」的官員，
台東州的第一任州官胡傳，
他遍訪部落，調查人口，發放銀元。
但他的《台東州採訪錄》中，
所有部落名稱、人口數目、發出的錢圓，
鉅細靡遺，
就是沒有馬立雲。
撒奇萊雅的馬立雲，
伴著掃叭的巨石與天上的白雲，
一年又一年，
躲在台灣後山的祕園。
只求未來那一天的來臨，
分散各地的撒奇萊雅能大團圓。

⑱ 撒奇萊雅神話的人物。

## 第二十幕　撒固兒部落

達固部灣如今已成灰燼與回憶。
白浪不讓我們在原地重建家園。
倖存的撒族子弟。
被迫遷徙到加禮宛河對岸的荒地。
撒奇萊雅的稱呼成為一種禁忌。

歸化社的名稱讓我們無地自容。
那是白浪給我們的永久傷痕。
我們要自稱為 Sakul 撒固兒部落。[19]
謝謝邦查人對我們包容。
被稱邦查　讓我們覺得還有一絲尊榮。
被稱邦查　讓我們體會到殘存的自我。
我們永遠是撒奇萊雅，但是只能存在於我們的心中。

讓我們用邦查掩飾撒奇萊雅的鄉音。
可是掩飾的結果。
卻可能讓下一代失去撒奇萊雅的記憶。
這真是讓我們煩心。

Malataw！Kawas 啊！
保佑撒奇萊雅日久恆新。
像那天上的繁星。
雖會被烏雲遮影。
但一定會再放光亮。
請讓我們不必永遠躲藏。
有一天，撒奇萊雅將再度復興。

⑲ 撒固兒部落。現在外界稱「國福社區」，撒族人自稱「撒固兒部落」。Sakul為茄苳之意。

## 第二十一幕 新社

我們加禮宛的頭目盡皆被殺。
大比宛汝壯烈戰死。
規留武代不屈成仁。
部落長老盡被刑死。
我們的土地　都染上族人的鮮血。
我們的家園　已殘破無法居住。
我們決定遠離可怕的記憶。
我們期待重建嶄新的家園。

沿著海岸，
沿著大山，
我們離開加禮宛故里。

跋涉百里，
找到這海岸與大山之間的小小平地，
成為我們加禮宛人的新生之地。
叫做「新社」。

在這新社，
恢復我們祖先的儀式。
保留我們祖先的工藝。
在這新社，
繁衍我們的子孫，
重建我們的家園。
噶瑪蘭。
加禮宛。
新社。

代代相傳。
發光發亮。
像那永遠掛在天上的月亮。
像那永遠閃爍夜空的星星。

## 第二十二幕　化番俚言

**地點：拔子庄大營內。**

**人物：吳光亮唸完一遍後，面露得意之色，下令屬下頒布。**

設局招撫，以便民番。
舉委頭目，以專責成。
首訓頭目，以知禮法。
分給工食，以資辦公。
改社為莊，以示區別。
約束子弟，以歸善良。
禁除惡習，以重人命。
禁止做饗，以免生事。
保戶商旅，以廣貿易。
遭風船隻，亟宜救護。
安分守己，以保身家。

彼此各莊，宜相和睦。
分別五倫，以知大體。
奉養父母，以報深恩。
夫妻和順，以成家室。
學習規矩，以知禮義。
嚴禁淫亂，以維風化。
薙髮打辮，以遵體制。
穿衣著褲，以入人類。
分別姓氏，以成宗族。
分別稱呼，以序彝倫。
分別姓氏，以定婚姻。
禮宜祭葬，以安先靈。
殷勤攻讀，以明道理。
分記歲月，以知年紀。
宜戒遊手，以絕盜源。

嚴禁偷盜，以安閭閻。
疏通水圳，以便耕種。
出獵以時，免妨耕種。
樽節食用，以備饑荒。
宜設墟市，以便交易。
建立廟祠，以安神祖。

## 第二十三幕　歲月

撒族人合唱：月換星移幾度秋。
生子添孫好個秋。
清國統治十八秋。
又換日本五十秋。
然後民國的春秋。
有個節日叫中秋。
人人中秋要團聚。
撒族何時再團聚？
水璉尾撒固兒馬立雲，
何日不必再恐懼？

# 第二十四幕　水璉尾李校長

地點：水璉國小

人物：國小師生齊誦

Tiway 叫做李毛蟹。

Sayum 叫做李對妹。

清國離去日本來。

Tiway 死後 Tuku 繼。

Tuku 叫做李金火。

大正年間編戶口。

水璉尾列阿眉族。

Tuku 兒又叫 Tiway。

Tiway 日名木原武一。

九歲入學公學校。

日本又去民國來。
武一再變李來旺。
來旺入學花師範。
昔日水璉尾學生。
終於蛻變為校長。
鄉里子弟皆學生。
桃李弟子滿花東。
人人尊稱李校長。

一九八六原運旋風起。
一九九五姓名條例改。
可以去漢改族名。
個人既然可正名。
族群正名呼聲起。

加禮宛人先奏功。
撒奇萊雅豈能空。
校長到處去奔走。
希望儘速奏全功。
無奈七十白頭翁。
竟然過勞而中風。

## 第二十五幕　原來我不是邦查

地點：國福里

人物：一位年輕少女獨誦

像被雷打到，
媽媽說我不是邦查。
從出生到二十歲，
我一直認為自己是邦查。
也以為這國福里的老老少少都是邦查。
雖然我自小奇怪地說著兩種語言。
我卻一直以為每個人與物，
本來就有兩種稱呼。

媽媽來自馬立雲，
她一直知道自己不是邦查。

但是為什麼她從不告訴我？
直到這一刻，
我需要一個原住民姓名的時候。
而從小　我一直姓陳　沒有族名。

媽媽在半夜中　輕聲告訴我。
我們不是邦查。
我們是撒奇萊雅。
這是我第一次聽到撒奇萊雅。
為什麼我們一直不敢自稱撒奇萊雅？
身為撒奇萊雅是羞恥？
為什麼要躲躲藏藏？
這個國福里還有多少撒奇萊雅？
為什麼要掩掩遮遮？
Malataw 啊，

Kawas 啊，

請幫忙我尋找其他不自知的撒奇萊雅。

自以為是邦查的撒奇萊雅。

我是撒奇萊雅　不是邦查，

我是 Sayum Vuraw　不是陳○○。

Sayum 是我祖母之名。

馬立雲的人都知道自己是撒奇萊雅。

為什麼國福里的人必須隱瞞自己的身世？

二十年的大夢初醒，

我終於找回自己。

剃去我的頭髮，

宣示我的決心。

我要大聲呼喊，

我是撒奇萊雅。
大家來接繼李校長的遺願，
去恢復撒族的一切、傳統、歷史、語言、祭禮、服飾、建築、節日……。
大家來接繼李校長的遺願。
加禮宛既已正名，
請聽撒奇萊雅人的呼聲。
請讓撒奇萊雅早日正名。

## 第二十六幕　火祭

**人物：Pazik、卡娜少**

Pazik：（因歌聲而醒來）

卡娜少：（兩人看到了火焰、薑、檳榔、糯米等豐盛的祭禮。）

下界歌聲：（合唱）

達固部灣戰役下的亡靈
請您們好好享用祭品
藉著祝禱　得到了安慰
年年今日
我們都將準備豐盛的祭品
一度瀕亡的撒奇萊雅
因你們的犧牲
得以重燃生命之火
得以世代延續生命

我們要告慰我們不幸的祖先們
撒奇萊雅終於完成了正名
在二〇〇七年的一月十三日
在那次達固部灣戰役的一百一十九年後
撒奇萊雅終於復興
撒奇萊雅已經重新站起
在撒固兒
在水璉尾
在馬立雲
甚至在桃園
撒奇萊雅遍布各地
撒奇萊雅開枝散葉
Pazik 頭目啊
卡娜少夫人啊

因為您們的犧牲
因為您們的祝福
撒奇萊雅得以重燃生命之火
得以世代延續生命
讓我們表達我們對您的敬意

火焰吞噬了過去種種悲苦
夜風揚起了未來種種期待
通過祭典
我們追憶歷史
我們也深刻領悟
生命、死亡及重生的意義
我們了解了生命與死亡
聽到了歡聚及悲離
體會了旺盛和凋零

撒奇萊雅的祖先啊
你們肉身雖死
你們靈魂不滅
你們用生命照亮子孫
你們用魂魄感動後代
我們要為豪雄的你們而祭
這裡的氣氛沒有傷感
只有你們留給子孫的勇敢與信仰

Pazik：（緊緊相擁）
卡娜少：（因高興而落淚）
（因感動而歡呼）

# 第三部

# 大庄阿桃

阿桃聽著逃回來的鄰人說，去圍攻寶桑大營的牽手勇仔，在七月十六日被來支援的官兵火砲打死了，竟神情木然，只應了一聲「喔」，然後一滴眼淚也沒有掉，也沒有再問其他細節，默默無語，走進公廨，向老祖禱告。接著回到屋裡，拿起鋤頭，準備到她的番薯田工作。在過去她牽手不在的整整一個月中，也虧得阿桃一個人做兩個人的工作，才能把稻田及番薯田照顧的那麼好。而且，她還要照顧兒子。

她揹起才三歲不到的兒子，到了番薯園，挖出幾顆番薯後，阿桃還是忍不住哭了起來。那天，六月二十五日，鄰人一句招呼，她的牽手勇仔就跟著起哄，拎起火槍，不告而別，丟下她與三歲的兒子，跟著殺了官爺與兵爺的那幾個客家人，也不知去到哪裡造反。而偏偏整個大庄這樣的男人去了大約二分之一，超過五百人。

那一天的人潮，有向北的，有往南的，她甚至不知道他是向南還是向北去了。現在才知道竟是到了南方的寶桑去攻打官兵的大營。五百多個壯漢離開了大庄，又是六月底稻米剛剛收成之時，幾百家庭，又擔心稼作，又擔心丈夫，搞得全村大亂。

好不容易現在事情告一段落了，但是她的勇仔，沒有真的「勇」，卻一去不回了。她的勇仔，在臨死之前，有沒有後悔自己的衝動魯莽？在和官兵廝殺之時，有沒有想起如果他死了、傷了，她阿桃今後如何過日子？

阿桃怨嘆著，怨嘆勇仔為什麼沒有半路回頭。

她哭了起來。哭了好久，揉著眼睛，想拭乾淚水，手放下時，觸到了她胸前的項鍊。她想都不想，就把這項鍊一把扯了下來。人都死了，留此項鍊何用！結果那塊玉與鍊子脫離，掉了出來。她旋即後悔，拿了一塊布，把鍊子及綠玉包在一起，塞入隨身腰包內。

她想起她與勇仔近二十年的相處。

二十多年前，因為先到大庄[①]的族人回去勸說留在芒仔芒社[②]家鄉的族人，說這後山的大庄天氣好，作物栽種容易，又地廣人稀，每戶可以有大片土地。她的父母於是跟著他們，自茇濃溪的那一邊到了大庄，胼手胝足。父親來大庄的第五年，就因為熱病去世。那年她三歲。母親無暇照顧她，她常常與庄內小孩到庄外一條秀姑巒溪的支流中戲水。五歲那年，她一個不小心，自石頭上滑入水中，還好被

①大庄：今花蓮富里鄉東里村。
②大武壠平埔四社，在今台南之頭社、宵裡、茄拔、芒仔芒社。

比她大五歲，已經長得像小大人似的勇仔救了起來。以後，她玩到哪裡都跟著勇仔，勇仔也都跟著她，二人幾乎形影不離。她十三歲以後，身形開始發育，勇仔看她的眼光和神情，也開始有點不太自然了。勇仔常常有意無意帶她到山上僻遠的地方去玩。

一天，勇仔與她沿著部落的溪流一直往上游走，這溪流發源於海岸這邊的山上。兩人發現溪邊有多貝殼蚌殼甚是美麗，勇仔說要收集貝殼，做一條項鍊給她。兩個人沿著溪畔尋找美麗貝殼，卻找到一顆更漂亮的綠色石頭。勇仔喜出望外，說這不是普通石頭，這是玉石，可以賣錢。兩人高高興興，手牽手回家。

隔了二個月，勇仔喜孜孜地拿出一條好漂亮項鍊，不是一串貝殼，只串著那塊綠色的玉石。原來勇仔花了兩個月的時間去琢磨那塊石頭。勇仔把項鍊掛在她的脖子上。沒想到接著又拿出另一條很相似的綠色玉石項鍊，要她為他掛上。原來項鍊是一對的，代表雙雙對對。在兩人互掛的那一刻，她的心幾乎要跳出來。兩人互掛之後，相視一笑，勇仔突然一把把她摟進懷裡。這是兩人的定情之日。後來，兩人結婚、生子，到現在幾乎十年了，兩人都沒有分離過。印象中，她也只有在為小孩哺乳時，才將項鍊取下。而現在，勇仔死了，不在了，他是戴著他的項鍊出去的。

人和項鍊，都永遠不會再回來了，這條項鍊反而讓她傷心。

她坐在地上一直哭著。小孩站在旁邊，不知她哭些什麼。她抬頭看到小孩，更是悲從中來，把小孩摟在懷中：「你沒有爸爸了！為什麼我們母子這麼歹命啊。」一小孩受驚了，也跟著大哭起來。

「阿桃，別哭了！」她鄰居雲仔嫂，不知道什麼時候來到她身邊。「唉，聽說除了你們家，至少有三十多個男人也死了。唉，這些男人不知怎麼想的，怨恨官府怨恨到為了報復，竟丟下牽手和兒女，還賠上自己一條命，真是愚不可及！」

「妳牽手也真歹運。我們這一庄去了五百多個男人，還好有二百多位平安無事回來了。四十多位死了，屍體大多運不回來。一百多個還沒回來。另外五十個受傷了，跛腳斷手的，唉！」

幾天後，一個沒有月亮的晚上，大庄的男男女女都聚集在公廨外的廣場，由尪姨帶著，請太祖庇祐生者，照顧亡魂。然後女性牽起手，圍成圓圈吟唱著，在低哀的歌聲中追思著亡者。

阿桃也跟著唱，跟著繞圈子，她一直淚流不止，但沒有哭出聲。剛剛，部落裡的長老還很擔心地說，不知道官兵會不會繼續來把那些去包圍寶桑官府，焚殺水尾及璞石閣營盤的「亂眾」抓到官府問罪？這樣，整個大庄的男人就更要減少一半了。

大庄每年九月十五都會有太祖夜祭。今年的夜祭，還有一個月才到，但許多人的感覺中，今天就是夜祭。

祭典一開始，長老先向大家陳述過去一個月，本庄男人去參與攻擊官軍的事。雖然他說得很含蓄，但從他臉上的表情與淚水，他顯然是支持這些「亂眾」的，只恨自己老邁，未能一起去攻打官府。因為撫墾局的雷福海實在顧人怨，作威作福得太過分了，又貪財又欺壓百姓又劫色民女，殺了他只是剛好而已。

多年來官府可完全不理會百姓的痛苦，他們官官相護，從來不會反省自己的錯誤，只會怕老百姓「刁民」，從來不反省官府出貪官，出污吏。因此這次，才會長年所積的民怨，一下子像火山一樣爆發。反正殺了雷福海後，官府絕對來興師問罪，還不知要株連多少個壯漢，多少個家庭。那乾脆一不做二不休，鬧得更大，看看能不能殺掉更多官兵，也許這樣官府才會好好反省，才會了解及體恤百姓的痛苦。鬧了二個月，結果族人還是飲恨而歸，更是全庄人的最痛。

今晚，長老竟然從大庄人老祖宗的歷史說起，顯然他擔心整個大庄會被官府集體懲處。不但不知庄內還要有多少人喪命，一百多年前，先人自西部遷移到這後山縱谷，好不容易自從無到有，胼手胝足的成績，就會完全被官府破壞盡盡。長老的內心，因十年前官府對這附近的納納、阿棉、奇密及北部加禮宛、巾老耶的恐怖大屠殺，讓他內心也有深怕大庄被「屠村、滅族」的恐懼。

他一開頭就說，我感覺我們 Taiovan，現在面臨一個很大的危險。這次我們向官兵做了一個很大的挑戰。我向老祖禱告，希望十年前，撒奇萊雅和加禮宛人的悲慘命運，不要降臨在我們身上。所以我要將我們 Taiovan 族的歷史，向各位族人再複習一遍，請大家世世代代傳下去，Taiovan 的子孫必須常存，Taiovan 的族史不能中斷。③

我們的祖先，本來是住在這個島的西部大平原與山腳交界地。老祖宗們在那大平原與山腳下生活了好久。平原有梅花鹿；山腳下、山坡上有各種水果。我們的族群有四個大社。自部落到海邊，在大草原及樹林，是我們祖先常去狩獵、悠遊的地

③ 現在的玉里鄉東里村（就是過去的大庄）住民，則希望正名「大滿族」，聲近 Taiovan，「大武壠社」則是明、清漢人對山地 Taiovan 之稱呼。今玉井之北極殿（玄天上帝廟）就有「重建大武壠開基祖廟碑」。

方。我們 Taiovan 人和西部的西拉雅人、南部的馬卡道人，我們三個族群雖然語言有些不同，習俗有一些相異，但都是拜矸仔祖的族群，因此我們三個族群相處得很好。在幾條河流之間，我們三個族群，雖然各部落各有獵場，但大家來往很自由，大家和和氣氣共同生活著。我們祖先甚至在離大社甚遠的海濱沙洲上也有個據點，抓海邊的魚蝦蟹，族裡的人共同享用。

古早古早，日常會有來自不同地方的人，在這海邊住了下來。首先，有些「大明人」來這裡內海抓烏魚。他們因為我們的 Taiovan 之名，而稱這裡為「大員」。還有一些北方來的薩摩人或九州人，在海邊也開了一些「居酒屋」，大家混居著，倒也相安無事。

有一天，這海邊來了一條很大很大的船，船上的人有紅色頭髮及白色皮膚，講著奇怪的話。我們的祖先聽不懂他們說些什麼，於是就反覆告訴他們「Taiovan，Taiovan」，表示這是我們 Taiovan 人的地域。那些紅髮人下了船，竟然就把土地和房子圍了起來，占據了那整塊沙洲。我們的祖先向他們抗議，沒想到他們拿了火槍向天空鳴槍。我們的祖先那時還沒有看過槍，大為驚駭，又覺得他們來者不善，避開他們為妙，於是就放棄了那塊海邊沙洲，回到了我們山邊的部落。沒想到這些紅髮白人不但圍了土地，還蓋了一座好大好大的城堡，並且以後就叫 Taiovan 或 Tayvoan 的名字來稱呼這塊土地。後來由大海對岸移民到此的明國移工或移民，就在那個城堡之旁聚集下來。這些紅毛人，後來又進入平原內陸，在許多地方設立教堂，要傳他們的神，要我們放棄拜太祖。

紅毛人較熟悉西拉雅人語言，我族的語言與西拉雅稍有不同，因此我族祖先開始退回山區，躲避這些紅毛。於是我族祖先就慢慢撤回山區。

紅毛人後來又招來了大明人勞工。我族祖先見到這些紅毛人和這些大明國移民蜂擁而至，人數驚人，令人驚心，於是更加快速退回大武壠山地，於是後來這兩條河流之間全部成為西拉雅人新港社的地域。那些紅毛人就以為他們遇到的人都是西拉雅人，把後面制成的文字稱為「新港語」。

紅毛人的勢力沒有能進入我們頭社、宵里、茄拔、芒仔芒四社，而祖社為 Tapani 噍吧哖社。

卻不料三十多年後，又有位「國姓爺」來了，他們打敗了紅毛，於是紅毛整個離開了。國姓爺帶來的不是移工，而是軍隊。國姓爺帶來的，不是像紅毛那樣一、二千人，而是十倍、二十倍以上的二、三萬人。他們像洪水一樣，從海邊一路過來，把地名都改了他們的寺廟與軍營的名字。他們在這兩條大河之間建立了左鎮、右衙、援剿[④]等，還有什麼「關帝廳」。他們的軍隊，都拜「玄天上帝」。

國姓爺的軍隊終於到了我們最大的社Tapani[⑤]那一帶。他們到了一個地方就分一部分人長住下來，然後把所有的草原獵場都改成種稻米或甘蔗，他們稱為屯田，於是水鹿和梅花鹿就絕跡了。

而這些軍爺都是單身來到這個島上的，因此我們許多女人變成他們的妻子，我們的土地變成他們的土地。這些軍隊長住下來以後，就開始蓋廟。他們霸占了我們的公廨，我們供放在神台上的太祖被迫就拿了下來，放在壁腳。我們的鹿角、豬頭以及竹向，也被取了下來，而被擺在一個偏殿裡，正殿則擺上他們所信仰的「玄天上帝」。我們的Taiovan，被他們寫成「大武壠」，於是我們的公廨變成「大武壠祖廟北極殿」。

再過了二十年，國姓爺的軍隊又被新來的「清國」官兵打敗了。新來的官兵及移民更不客氣了，霸占了更多的土地，霸占了更多的女人。而且把我們與他們合為一的祖廟也全部霸占了，連「大武壠祖廟」的名稱都不見了，只稱為「北極殿」。

這一來，我們在Tapani的祖先忍無可忍了。為了保存我們大武壠人的千年傳統，也為了另找土地生存下來，於是每次有十幾家，載著自公廨拆卸下來的豬頭、鹿角、竹向等等，爬過高山，渡過急湍的河流，去尋找可以祭拜太祖的地方，容易栽作，生存的地方。以後幾十年內，有更多的部落族人，幾十人一組，陸陸續續自Tapani，自芒仔芒，自宵里，以不同的路線出走。他們必須避開高山人的領域，也曾經與卑南十社的人打過交道，最後，來到這縱谷，就是我們現在的大庄……等等。

而無獨有偶的，紅毛人來時，在我們南方的馬卡道人，也是受不了這些清國白浪移民的霸占行為，也自更南方的路徑遷徙到這後山來。這縱谷真是好地方，山明水秀，又有海岸的高山擋著風。馬卡道人與我們習俗相近，他們稱太祖為姥祖，而沒有公廨。大家相處得很好，在這縱谷和平混居。官府稱我們為「平埔八社」，我們大庄是最大的社，我們的公廨及拜太祖的儀式，也是這八社之中最大的。

我們族人幾經流離，好不容易安定下來。卻沒想到，自二、三十年前，又有另

④ 今之右昌、燕巢、關廟。
⑤ 今台南玉井。

一批白浪移民自北方下來，主要在花蓮地區。而自一、二十年前，又有另一批由官府招募來的廣東客家移民，也到了水尾、璞石閣等地。

本來我們不太信任這些廣東客家人，因為他們與官府走得太近。沒想到官府和軍爺們作威作福得太過分了，這次竟然是廣東客家人帶頭起來殺官爺了。這讓我們覺得，可以和他們站在一起，把官府趕出我們的家園。因此，這次廣東人登高一呼，大家都人心稱快，這縱谷中的Taiovan人與馬卡道人，所謂「平埔八社」，包括阿猴社、搭樓社、武洛社、上淡水社、下淡水社、茄藤社、力力社、放索社全都響應了，匯集成三千大軍。我們大庄的男人和客家聯手，作戰真是英勇，他們往北把水尾和璞石閣的官衙都燒得一乾二淨。因為官兵中有不少來自廣東的，大半是客家人，他們放過廣東人，而其他非廣東人的官兵則幾乎大都被殺。只可惜在攻打北部花蓮港時被擋住了。

往南的隊伍，更是聲勢浩大。我們大庄勇士和客家人聯手，竟然一路打到官兵在後山的官署寶桑（今台東市）。更不得了的是，呂家望社的卑南番人也聞聲傾巢而出。我們平埔人，客家人、卑南呂家望人，一共四千多人，包圍了官兵在後山最大的營盤。我們的戰士們，又是火攻，又斷了營盤的水，整整包圍了十七天。眼看那官兵統領張兆連即將不支了，卻不料那官府有派不盡的兵員，竟然有六千官兵分三路搭大船，渡海來救援。他們的武器好厲害，用船上的砲可以直接打到岸上來。結果他們內外合攻，我們的人終於不支，被擊散了。功虧一簣好是可惜。

唉！所以就如同大家知道的，我們庄裡還有上百人下落不明。讓我們為壯烈死去的四十多位戰士祈福，也為那些下落不明的人祈福，希望他們平安。

於是尪姨開始向群眾揮灑著水，表示祈福。

長老講到這裡，阿桃覺得自己對勇仔多了幾分敬意，少了幾分原先的怨嘆。原來她的牽手還是受到肯定的，雖然他沒有成功，但是他沒有白死。

長老這時，又作手勢表示他還要重要的話要說。

「有消息說，那幾個帶頭的客家人已經被抓住砍頭了。」長老說，他憂心這些官兵是否會反攻殺向大庄來，或官府來抓人問罪。

「我們知道，這些官兵一向是很殘忍的。我很憂慮，十年前發生在阿棉、納納及奇密社的屠殺，巾老耶及加禮宛的大規模屠殺事件，會在我們大庄發生。也許我們又要像當年我們的父祖，要撤離他們的村落，再找尋其他地方建立自己的家園。這不是不可能的事。如我們所知，巾老耶的人與加禮宛的人後來只好四散躲藏。」

「我今天不厭其煩把我們老祖宗自 Tapani 及四社遷到這大庄的歷史告訴大家，是要大家記得我們 Taiovan 人的歷史。萬一像加禮宛的事也發生在我們大庄，Taiovan 的歷史必須永遠流傳下去。所以我希望大家保持警覺。每一家都必須準備一些食物，如果官兵真的來了，我們必須到山中去躲一陣子。」

庄裡的男子本已死傷多人，又有尚未歸來的，眾人已經情緒低落，再經長老這麼一說，整個庄內更是一片愁雲慘霧。阿桃望著她懷中熟睡的兒子，絕望地想著：我們母子兩人，要躲到哪裡去呢？

她的父親和母親，就是如長老說的，在三十年前跟著二十多位族人渡過荖濃溪，到了後山。然後再歷經千辛萬苦，大家好不容易在這大庄安定下來。卻不料，有一回，父親做工時，腳受了小傷，竟接著高燒昏迷，幾天後就死了。父親死後，她的母親帶著五歲的她和一歲的弟弟，茫然無依。後來再嫁給了一位喪妻的族人，但母親沒有再生育。五年後小弟弟腹瀉數日之後，病死了。再十年，她的繼父也死了。

她終於和勇仔成為夫妻。勇仔對她很好，對她母親也很好。她雖然忙碌，但第一次感受到幸福人生的滋味。她的母親，忙碌了三十年，也終於能夠喘一口氣，覺得人生終於安定下來了。她永遠忘不了她母親第一次抱了孫子那種笑咪咪的表情。

但可惜，媽媽的安定人生只有一年。一向健碩的媽媽，卻在一場颱風時，在去田裡視察回來，不幸遇到急漲的溪水溺死了。而她阿桃，幸福人生也只有五年。一向疼愛她的勇仔，卻突然不告而別，然後就死在寶桑的戰火中了。她連丈夫遺體也見不到，只能拿了她男人生前的衣服，放在棺木中埋了。然後由勇仔的哥哥，草草立了個簡陋的墓碑。

在長老的演講之後，全村緊張了好多天，許多人都去躲了起來。但所幸後來並沒有看到有官兵來襲，也沒有官府來抓人，大家才鬆了一口氣，又回到庄內。

一個月後，自卑南方面傳來後繼的消息。在寶桑的大批官兵，往南去攻打那些呂家望的番人了，而且官兵還自很遠的北方派來「北洋艦隊」兩條很大很大很大的船，可以自很遠的海面上發砲助威。至於對縱谷的客家和平埔「亂眾」，官軍早就抓到了帶頭的廣東客家大哥，把他們砍頭了。但官兵似乎沒有進一步出兵追殺平埔人之行動，也沒有到處抓人算總帳。

那位長老帶著有些不可置信的神情，喃喃地對大家說：「似乎可以放心了。也許官兵的大頭目也知道，他們的人以前做得太過分了。唉，比起十年前，官兵幾乎睚眥必報，真是不可想像的改變啊。」後來長老知道官兵的大頭目，就是在寶桑營盤被圍攻了十七天的統領，叫張兆連，竟然不禁讚美起來：「這位張統領比起十年前那位吳統領，真是好太多了。張統領寬厚，吳統領殘暴。」

於是事情似乎就這樣過去了，大庄恢復了平靜。但是阿桃的日子並沒有恢復。她的母親、母親及繼父，在生前都很努力，留下不小的莊稼田地。當初勇仔在的時候，與阿桃兩人工作得不亦樂乎，現在則苦了阿桃一人。阿桃要照顧小孩。而大庄少了將近一百個年輕力壯可以耕作的男人，工錢變得很貴。於是她用了相當不錯的工錢，請了兩名壯漢來幫忙她耕作。孤兒寡母，又有大片田產，自然引來覬覦之心。於是不時有各類的男子，中年的、少年的、俊俏的、猥瑣的，藉故來跟她搭訕、借錢，表示好感，卻又常有借無還。最常見的是，嘻皮笑臉，一臉豬哥樣，趁機摸她一把，占她的便宜。雖然也有媒婆來正式提親，卻譏她是寡婦，有什麼好挑來揀去的。她好生氣，就不再理媒婆了。

她的心中仍然惦記著勇仔。

有一晚，夜已深，她睡夢正酣，卻突然驚覺床邊竟站了一個陌生男子。她驚呼一聲，嘴和鼻子隨即被一隻大手蒙住。「不要亂動！」聲音低沉卻粗暴。男子迅速地跨坐在她身上。在微亮的月光下，她仍可看出男子戴著頭套，只露出眼、鼻、口，顯然怕她認出。接著她的脖子被一支冰涼的物體架住。她明白那是一把短刀。她恐懼地閉起眼睛，全身不禁微微顫抖。男子把刀拿開，俯身粗暴地壓住她，恣意地在她身上搓揉著，她被壓得喘不過氣，不自覺地要推開男子。隨即一隻大手又扼住她的脖子。

這時，旁邊的小孩哭了起來，那位惡漢突然放開她要去抓小孩。她撲身護住小孩，驚叫：「不要傷害我的小孩。」惡漢也似乎突然不再對她有興趣，站起身來，冷冷地說：「把家裡的銀錢全部拿出來，我就放過妳的孩子。」小孩仍然哭著，阿桃站起身來，惡漢持刀在旁監視著。她抱起小孩，一邊拍著小孩的背，一邊向惡漢作手勢，指著床下。惡漢說：「把小孩放床上，妳自己拿。」她乖乖做了，還好小孩沒哭，似乎是又睡著了。她彎下身去，拉出了藏在床下的竹簍。

惡漢提起竹簍，似要離去，突然屋頂上傳來兩隻野貓的叫聲及追撲聲。惡漢遲疑了一下，又放下竹簍，把大手伸入她的衣襟。她大吃一驚，情急大叫：「阿福，不要這樣！」惡漢聽到她突然叫出自己的名字，也大吃一驚，趕忙提起簍子，轉身狂奔出門。阿桃驚魂甫定，反而哭了起來。

第二天，果然原來聘用的工人只來了一位，那位阿福沒有出現。阿桃假意叫那位工人去阿福家催促阿福上工。阿福家的人說，阿福今天天未亮就出門了，也沒有說去哪裡。而自那一天起，阿福就沒有再出現在大庄。

阿桃所有的積蓄都被阿福帶走了，只好辭退了另一位幫工，同時賣了一小塊田地來維持生活。現在，阿桃開始認真考慮再嫁了。

最近，璞石閣的廣東人愈來愈多了。阿桃在一位嫁到璞石閣的兒時好友介紹下，決定和一位初到璞石閣不久的廣東人結婚。這位年輕廣東人長得相當俊俏，而且願意入贅。

沒想到，阿桃這次卻看走了眼。這位俊俏的廣東客家，到了大庄之後，只有前一年表現得還可以，後來就逐漸變得好吃、懶做、愛賭。他有了錢就去賭，偏又每賭必輸。一輸回來就打阿桃，罵小兒子出氣。而小孩愈長愈大，愈懂事之後，也愈看這個繼父不順眼。

更糟的是這位客家不但會賭會嫖，而且染上了吸鴉片煙的惡習。為了買鴉片，為了賭本，他竟背著阿桃偷偷賣地，而把阿桃蒙在鼓裡。

終於紙包不住火，這客家人丈夫偷賣地的事被阿桃發現了，阿桃再也忍無可忍。於是她找來族裡的長老，表示要和廣東人脫離夫妻關係。廣東人拒絕了，於是阿桃表示，她只要小孩、牛車，以及需要的一些盤纏，把她原來的房子給客家人，把田地租給了鄰居。她決定離開客家人丈夫，離開大庄，找一塊自己喜歡的地方，重新開始自己的生活，只求能與兒子相依為命。兒子已經八歲，不太需要她的照顧了，而且很懂事。阿桃至少有田租可收，也自認生活無虞。庄內長老對客家人非常生氣，痛罵了客家人一頓。客家人也知道自己理虧，於是收下房子，簽了離婚書。

阿桃要離開大庄的事轟動了全村，大家竟然在庄口的公廨前列隊送她。有幾位阿姨阿嬸阿伯，說要陪著阿桃走到她安定下來的地方為止。阿桃本要婉拒，但經不起盛情。而且長老說，阿桃此去，路途凶險，有大溪流，有山上番人，還是小心點好。

於是這一天的清晨，有一對青年夫妻，二位兄妹，陪著阿桃母子走出大庄。阿桃回首不捨地望著生活了三十年的村落，然後一咬牙，決心不再回望，把手中韁繩一拉，牛車就大步出發了。

出了大庄。不久，就是寬闊的秀姑巒溪。一行人沿著這條溪流向南走。大約二、三個時辰之後，溪流變狹了，這裡幾乎就是秀姑巒溪發源地了。越過溪流之後，大家碰上了西邊的大山。

現在是二月底，大山腳下小溪之畔，有塊平地，還有一片茂密美麗的苦楝樹。苦楝開花的時候美極了。苦楝是官兵們的稱呼，他們大庄人也跟著這裡的阿眉原住民叫，叫 Bangas。她喜歡 Bangas，因為苦楝花的樹幹木材可以蓋很好的房子，Bangas 的木板，有一種特殊的香味，可以驅蟲。她喜歡這種香味。她向陪她來的同伴表示，這山腳下的 Bangas 樹林，就是要住下來的地方。於是他們用帶來的工具，砍下了一株 Bangas，刨成木板。大家興致勃勃，連阿桃的小兒子都興高采烈。

陪著阿桃來的那位青年和他的牽手，也愛上了這塊溪畔平原及苦楝樹林，用懇求的眼光望著阿桃：「我們留下來與妳們作伴好嗎？這裡回去大庄也不遠，我們先替妳把屋子蓋好，我們就回去大庄，把我們的田賣了，把家當搬來，大約三十天也就夠了。我也喜歡這裡的好山好水，也順便把我的媽媽接過來。她一直都很喜歡妳，捨不得妳走。這塊平原也夠大，十家耕作，綽綽有餘，說不定還有族人也會喜歡這裡，搬到這裡。」阿桃有好友相陪，大喜過望。

於是兩個月之後，這個山腳有了四戶人家。這條秀姑巒溪支流叫「網綢溪」，大山稱為「網綢山」[6]，而這裡往南不久就是卑南大溪了。

這是大庄事變一八八八年六月後的第五年，一八九三年，光緒十九年的春天。

●

一年後的夏天，阿桃等四戶人家已經有很好的收成，於是又有兩戶人家自其他地方搬了過來。這裡離溪流很近，取水、灌溉很方便。他們很快地開闢出一大片水田，而倚著一個 Bangas 樹林而住，心曠神怡。更高興的是，孩子要比住大庄與繼父在一起時開朗多了，快樂多了。

山上有一群原住民常下來向他們買一些雜貨，但因為語言不通，偶爾發生小衝突。

到了光緒二十年的秋天，自寶桑傳來的一則大消息。本來在寶桑的清兵營盤和縣署，也就是當年阿桃的牽手勇仔攻打不成反而戰死的那個官兵總部，現在搬到縱谷出口的阿里擺半山上了。原因是因為害怕一個叫「日本國」的軍隊來攻。這個

⑥ 古名「網綢山」，今名為「萬朝山」；「網綢溪」今名「萬朝溪」，也叫「龍泉溪」。

日本國的軍隊最近和清國官兵在北方很遠的地方爆發了大戰。消息也說，清國官兵本來看不起「小日本」，但日本人反而都大勝。聽說日本人的軍隊在二十年前到過台灣南部番社，因此對這個台灣島極有興趣。官府害怕他們來攻，所以把離海很近的寶桑營盤遷到離海岸較遠的半山上，可攻可守。現在寶桑附近居民更多了，又有「新街」，整個地區稱為「卑南覓」。

對阿桃和鄰居來說，大庄事件似乎是很遙遠的事。到這一年結束，也沒有再聽到後山或寶桑有什麼戰爭，因此大家也就淡忘了。

官府自八年前的那次大庄和呂家望騷亂後，對後山的住民還算不錯，和居民雙方的相處也還算和睦。這後山的族群很複雜，有 Taiovan、馬卡道的早期移民，所謂平埔八社，客家的近期移民。至於原住民，在南部以卑南諸社最大，就是呂家望、彪馬社等，在中部是自稱 Bunnun（布農）的原住民。其實縱谷最多的是阿眉族，所謂「秀姑巒二十四社」。向北則是得其黎、木瓜溪一帶的太魯閣番。

清國官府在進入後山的初期，對這些原住民殺戮甚眾。後來雖不殺了，但仍作威作福。到了大庄事件後任用的幾個官吏，則大體對民眾還算不錯。像是這一任的胡傳胡大人，曾經到大庄巡視了二、三次，還賞了一些銀元。若說有令人不滿的，是喜歡擺一些官架子，規矩很多。聽說見到他，就要下跪。

但是，最近聽大庄那邊來的消息說，官府自從害怕日本人可能來攻之後，為了增強防禦工事與屯糧，對部落原住民及庄民的差遣與騷擾，又變多了。官兵在大庄這一帶的最大駐結地，是大庄稍南的新開園[7]。新開園的統領叫劉德杓，來到後山已近十年。劉德杓在新開園，治軍甚嚴，而且一面練兵，一面開墾，新開園日漸繁榮，劉德杓功不可沒。連大庄這一帶，大家都知道劉德杓。

阿桃在初遷到此的第一年，收成很好，第二年的收成更好。但第三年的一八九五年，不但天氣乾旱，還有一些蟲災，因此收成並不理想。

屋漏偏逢連夜雨，在這一年的歲末，大庄傳來的消息說，清國官府戰敗了，並且已經把台灣割讓給了日本，清國官兵都等於回家鄉。於是幾家人聚集起來，大家討論著，日本人來了，是福是禍。

「日本人來了，換句話說，官兵要走了，這應該是好事？」

那位自大庄回來的鄰人，卻搖搖頭，說：「官兵要走？早呢！像新開園的軍隊都還在。而且我聽大庄的人說，最近新開園的劉德杓因為缺糧，常常到大庄及其他

⑦ 今台東池上。

平埔人的村子去脅迫要糧食或銀兩，官兵已經變強盜了。」

「另外，最近從新開園營盤中逃出來的軍爺不少。他們有些人把槍枝賣了，然後請民宅收容他們做長工。聽說他們上面的高官都已經回鄉去了。有人說，是他們的上級沒有派船來接他們回鄉。也有人說，他們不願回去內地，要留下來打日本人，但日本人好像還沒有來到這裡。真相如何？我也不知道。」

因為這樣，八年前大家對官兵的恨意又有些回來了。

阿桃說：「如果這些官兵是被他們上級遺棄的，那也很可憐啊。」語氣中透著同情，頓了一下，又說：「或是他們寧可不回去，要留下來和日本人作戰，那又很勇敢，很有骨氣啦！」

鄰人看了她一眼：「妳反症了？那些官兵可能就是當年殺了勇仔的，妳怎麼同情起他們來了？」

阿桃「啐」一聲吐出口中的檳榔，傻笑著：「我覺得他們這一次沒有錯啊。」

然後，過年了，春天來了。今年（一八九六）的苦楝花開得特別漂亮。從大庄傳來的消息說，劉德杓被擊敗了。而且，擊敗這些清國官兵的，不是日本兵，而是原住民聯軍。

劉德杓部隊的擾民作為，竟把原住民也激怒了。

於是，在西部來的斯卡羅人大股頭潘文杰[8]的遊說下，連原住民都出手了。消息說，這位潘文杰二十年前接觸過日本人，對日本人印象不錯。潘文杰自西部到了卑南。在他的勸說下，卑南的彪馬部落女王陳達達，率領了卑南勇士，和馬蘭馬亨亨率領的馬蘭阿眉勇士，組成了原住民聯軍，竟然在雷公火打敗了劉德杓的軍隊。

劉德杓覺得被羞辱了。但是，大庄的消息說，戰爭還沒有結束，因為劉德杓敗而未潰。他們退入新開園的營寨，準備堅守。

阿桃對這些話語，倒沒有什麼太大興趣。她知道清國兵走了，日本人來了，但這有什麼兩樣呢？有人在談論日本軍的服裝多俊挺，武器多精良，但她對這些都興趣缺缺。她踏著滿地的 Bangas 落花，看著她剛剛插秧好的稻田，心情好舒暢。

昨天她回去大庄的公廨，向公廨祖稟告，希望今年要豐收，不要再像去年一樣。她也希望讓她的小孩更強壯一些，小孩十一歲了，已經長得快與她一樣高了，

[8] 斯卡羅：今屏東滿州鄉。潘文杰，住豬勝東，今滿州鄉里德。有關其事蹟，請參見拙作《傀儡花》（2016，印刻出版）

但是身體卻有些羸弱。搬到這裡之後，雖然農作收成不錯，但她一個婦人家，若無鄰居相助，還是無法去獵山豬、野鹿的，只能抓些山羌、山雞、田鼠。小孩顯然肉類吃得不足，她這做媽媽的，看在眼裡，內心很是愧疚。

這一夜，她突然驚醒，耳邊傳來遠處人馬嘈雜聲，還雜有馬嗚嘶叫聲，自南邊網綢社的方向傳來。網綢社與這裡，隔著網綢溪，與阿桃這幾戶人家，遙遙相望。

她不安地走出戶外，發現庄裡的人也大都聚集在外了。他們看到有大隊人馬，自網綢社的方向，朝著這裡過來。這時，正好天色也慢慢亮了。

在微曦中，阿桃看到隊伍進行的速度很慢，這個隊伍，有馬，有牛車，但更多的是步行者。等隊伍更接近，他們看到，這些人穿著官兵的服飾，但都已又髒又破。每個人的臉色也都疲憊不堪。

兩位騎馬的軍爺，小快步來到了眾人的面前。兩位軍爺都下了馬。阿桃見那為首者年約四十，滿臉風霜卻不失英氣，用沙啞的聲音說著：「我是新開園劉德杓，我們行走一夜了，請給我們一些水及食物。」

另一位軍爺則說：「我們有幾個兄弟受傷了，這裡可有藥可以療傷？」

阿桃很驚訝見到了劉德杓本人，而且劉德杓竟可以說這麼流利的本地話，完全不需要通譯。阿桃點點頭說：「我們盡力。但是很抱歉，我們這裡只有六戶人家，儲糧不多。」於是眾人皆回到屋子去張羅食物。

劉德杓苦笑著：「倭兵在後面追著，我們不會停留太久。休息一會，補充一些水及食物就走。」

阿桃等人到田裡挖了一些番薯，倒也足夠讓五、六十人飽食一頓。

劉德杓向阿桃及村人道謝後，望了望屋後不遠的西方大山，又望了望北方的秀姑巒溪，問道：「此去璞石閣有多遠？」

阿桃說：「這裡往北是大庄。」然後望了望軍伍的牛車，還有躺在地上呻吟的受傷官爺，不禁搖搖頭：「軍爺，離璞石閣還相當遠……」

劉德杓問：「還有多遠？」不待回答，舉目望了望四周，又是一個苦笑：「原來這裡好多苦楝樹，唉。」

旁邊有位軍士答腔道：「春夏之後的苦楝，還不算難看啦！」

阿桃聽不懂劉德杓為什麼提到苦楝樹，也奇怪這麼美的苦楝，軍爺們卻不會欣賞。正思索間，劉德杓已經轉頭向另一位軍爺說：「王千總，我們大概到不了璞石閣。太遠了，我們會被倭兵追上的。我決定，就在此地上山，翻山到西部，若過此大山，應該可到台南或嘉義吧。」

阿桃說：「上了山，有荖濃溪。沿荖濃溪溪谷往下，是六龜里，或翻山往西行，是Tapani，離台南不遠。我們先人就是自那一帶遷移過來的。」

劉德杓露出感激及興奮的眼神：「謝謝大嫂等人相助，還有三件事相求。」

阿桃點點頭。

劉德杓再度苦笑：「第一，如果日本兵來，不要告訴他們我們上山去了。第二，請再給我們一些番薯。第三……」說到這哩，突然猶疑起來，中斷了一下，才又說：「我們有三位弟兄，傷勢嚴重，現在在牛車上，但顯然是上不了山，是否可以就此留下，麻煩你們照顧。等他們恢復，便自尋生路……」

儘管鄰人一直在拉著阿桃背後的衣襟，阿桃卻幾乎毫不遲疑，每一項都點頭。

於是，有一名傷者自牛車上被抬了下來，另二人則自行下了牛車。兩位皆是跛行，都是骨頭被子彈打斷了。阿桃見到那位被抬下來的，雖然清醒，但喘得很厲害，軟弱不堪。仔細一看，胸、腹均中彈，衣服遍是血跡，不禁搖頭道：「大人，我們救不了他的。」

劉德杓尚未答話，一位跛足軍士一拐一拐走了過來，急急說道：「陳都司是我的好長官，我們部隊的第二號人物。還請大嫂見憐，不要見死不救。」說著，竟然忍著腿傷，單腿跪了下來：「千總李勇向妳們跪求了。」劉德杓也接著說：「請大嫂見諒，總不能把陳都司丟棄。若救不活，就請幫忙埋了。」

阿桃急忙把他扶了起來：「軍爺，萬萬不可這樣。我們盡力就是了。」

於是阿桃要兒子把陳都司搬進了屋內。有一位軍爺也很快過來幫忙。那位李千總坐在地上，淚流滿面，一直低頭稱謝。

劉德杓也拱手向眾人稱謝，然後向阿桃說：「這牛車包括牛，就留下來給你們了。」阿桃等喜出望外，彎身說：「謝謝大人。」

劉德杓未待她們回謝，已經回首向部眾下令：「大家前進。上山！」於是一行人先向阿桃等人稱謝，再向李千總揮別，然後再向屋內的陳都司敬禮，緩步上山去了。

當天傍晚，果然有日本人的先頭部隊帶著通譯，也到了阿桃這庄子。阿桃和眾人早在日軍來之前就把受傷的三人陳都司、李千總，還有一位范軍爺，先藏到屋後一個隱匿的小山洞內。日軍通譯問了許多話，威嚇利誘，阿桃知道瞞他們不過，只好向他們說劉德杓的部眾上山去了，但把方向指偏了。

日軍和通譯探聽到了劉德杓行蹤後，滿意離開了。第二天，阿桃他們還是聽到山上傳來槍聲與砲聲。終於日軍全部下山了，還抬了幾名傷兵。這期間，阿桃不忘每天派她的兒子偷偷送一些食物去山洞中給三位劉德杓部下。

阿桃和眾人去山洞接那三人出來。不想那位重傷的陳都司已經氣若游絲，不到半個時辰之後，就死在山洞中。李千總和范軍爺拜託阿桃等說：「我們兩位受傷不方便，還請各位幫忙埋葬。」李千總邊流淚，邊說：「請先讓我為陳都司淨身，再借一套衣服給陳都司穿了，至少讓他乾乾淨淨上路。」

阿桃回到家裡，拿了一套兒子的衣服過來。李千總用舊衣服蓋住了陳都司的下身，露出胸膛，開始淨身。阿桃把衣服交給李千總，向陳都司瞥了一眼，卻有如見到鬼魘，全身發抖，幾乎倒下，還好兒子和鄰人撐住了她。

阿桃似乎驚嚇地說不出話來。只是一直指著陳都司，良久良久才迸出一句話：「那項鍊……怎麼來的？」

這時鄰人也才恍然大悟，依稀想起多年前，好像阿桃和勇仔身上都戴著類似的項鍊，只是勇仔死後，再也沒有看到阿桃佩戴了。怎麼現在類似的項鍊卻佩掛在陳都司的脖子上？

那位李千總也不懂何以阿桃突然驚嚇不已。「嫂子，我倒是知道這個項鍊的來歷，容我回想一下。」李千總一邊回憶著，一邊望著阿桃，心中也覺得有些蹊蹺，於是慢慢說：「八年前，光緒十四年，那時我還只是把總，陳都司還只是守備，我們二人都在寶桑張兆連統領的大營內。那一年有客家、平埔及卑南番人一起造反……」

講到這裡，李千總突然有所領悟，抬頭望了阿桃一眼：「那時我們在寶桑的營盤內被好幾千叛眾包圍。對方用火攻，又斷了我們的水源，眼看著情況危急，實在支撐不下去了。張統領率眾向媽祖禱告乞水，然後用飛盤一丟，竟然真的在盤子落地之處，挖出清涼甘泉，於是我們士氣大振！」

阿桃聽到李千總提到寶桑，正是當年牽手勇仔戰死之地，身體又微微發抖起來。她兒子則緊緊握著她的手。

「這時，正巧援軍到來，於是我們內外夾攻。等敵人退後，我們清理戰場，還真的是慘不忍睹。營盤之外，至少有四、五百具屍體。也有不少重傷奄奄一息者，後來還是死了。人死為大，死了，就不再是敵人了。於是我們買了許多大甕，將這些屍體運送到較遠處山邊埋了。」

李千總突然低下頭來，低聲說：「搬運屍體的時候，我們都不免將屍體上較有價值的東西留下，這也是人之常情。陳守備在一具屍體發現了這個項鍊，覺得很好看，就把這個項鍊留了下來，掛在自己的脖子上。這幾年，倒是很少看到他拿下來。」李千總愈說，聲音愈低。

阿桃聽完，放聲大哭，身子卻不抖了。

李千總在講述的時候，大約也已猜到十之八九是怎麼回事。等他講完，在場之人莫不覺得祖公祖媽有靈，竟然把這失去八年的項鍊又送還阿桃。阿桃也不久就止住了哭，她望了望陳都司的遺體，又抬頭看李千總，突然覺得李千總好像是勇仔派他來的，心中對他突然覺得倍感親切。而小兒子早已忘卻父親的身影，也一直不知道他何以自小父親就不在身邊。現在得知父親的死因，反而靜靜的流下淚來。他想起這幾年媽媽一個人撫養他長大的艱辛，非常感謝，於是從身後抱住阿桃。

李千總的腿傷，在阿桃母子的照顧下，不久之後就完全痊癒了。阿桃得知李千總的名字，竟也叫「李勇」，與勇仔同名，整天失神似的，又翻出勇仔給她的綠玉項鍊，喃喃自語。

李勇很自然地就在阿桃的家裡住了下來，不久以後，就和阿桃同房了。另外一位重傷的范軍爺，傷勢漸癒後，也同樣就成了這小村落的一份子。

這兩位成了姑爺的軍爺，都是身強力壯，三十多歲的漢子，而且都還持有火槍。因此，這些人不但農稼工作變強了，而且也開始可以獵殺一些大型野生動物，如水鹿、山豬。大家生活變好了。

日本人來到後山之後，強制每一家去報戶口。這兩位軍爺就冒稱是出身大庄的原住民兄弟，兩人都改姓為潘。於是阿桃就成了潘大娘，李千總也成了潘大叔了。這時，潘大娘已經懷孕，幾個月以後，又生了一個女孩。有了小妹，大哥哥也好喜歡。

潘大叔和潘二叔常常坐在家前，望著西方的大山發怔。他們向阿桃說，他不是想家，是想念著統領劉德杓和那些同袍。潘大叔、潘二叔和陳都司、劉統領都是來自湖南。劉德杓來自長沙，潘大叔與陳都司則來自湘西澧水沿岸的永定，潘二叔則和孫開華將軍一樣，來自慈利。他說有許多湖南人都來台灣當軍爺軍伕，特別是在台東的，都是湖南兵。「就是湘軍。」潘大叔說。

潘大叔又說，我們都到台灣十年以上了，雖然想念家鄉，但心中早已是半個台灣人還有一些同袍，就病死軍中，埋骨這台灣後山了。他們當初以為來台灣當兵大概是三年、五年，沒想到竟一直留下來，現在已成為台灣人了。潘大叔和潘二叔都說，他們很滿足，不過兩人很牽掛著劉德杓。「他真是一位好長官，不知他現在怎麼樣了？」

潘大叔突然一拍大腿說，「有一件事我一直忘了說。劉統領的哥哥或堂哥劉德友，在大庄事件中，在水尾軍營被平埔人和客家人的聯軍給殺了，所以胡傳知州所建的昭忠祠內，列名其中。而可貴的是，劉德杓對新開園平埔人相當好，並未埋恨。」

阿桃大有感觸，在那事件中她是死了丈夫，而官兵如劉德杓的軍爺，也死了家人。其實，雙方都是可憐人，她在喟嘆中握住了李勇的手，然後兩人對望了一眼。李勇似有所悟，也向她點點頭，兩人手握得更緊。

至於陳都司，本來阿桃這些人只是將他草草掩埋的。後來想到當年既是他埋葬了勇仔，也算有緣，八年後又戴著阿桃勇仔的項鍊來此間，也帶來了潘大叔。等到阿桃成了潘大娘，想到他等於是兩人的媒人。阿桃和潘大叔怕那山麓陰濕之地，不適合埋葬，於是決定為陳都司遷葬，在平地風水較佳之處起墳。潘大叔說，依他們軍中習慣，人死後要追封一級，而他算是劉德杓的最主要幫手，於是「陳都司之墓」就成了「陳協台之墓」了[9]。

至於那個綠玉項鍊，阿桃說，陳都司既然已經戴了八年，就讓他繼續戴下去吧。於是陳都司就戴著項鍊下葬。到了遷葬時，潘大叔等也小心翼翼地注意，看著項鍊仍然埋入新墳中，永遠伴著陳都司。

每一年，他們這幾家人，也都來祭拜陳都司。然後，也不知怎麼的，後來附近的人都風傳陳都司有靈，竟然一些不相干的人也來祭拜許願乞福了。

---

⑨ 在池上一無名小祠，有營長陳協台之神位，另外離網綢不遠有陳協台祠。筆者二〇一六年去時，只有萬姓公祠，但有陳協台神位。到了二〇一七年再去，祠內竟有「陳輝煌」的生平介紹，也就是此陳協台變成宜蘭的陳輝煌了。但陳輝煌死於一八九四年，這些劉德杓相關廟祠應該大都為一八九六年所留。故筆者認為應與陳輝煌無關。至於是劉德杓軍內哪位陳姓將領，就不得而知了。

後記

# 「開山撫番」把兩個台灣變成一個台灣

## ——「台灣史花系列三部曲」寫後感

對台灣原住民而言，他們的歷史沒有比「開山撫番」更重大的事。對台灣歷史而言，也沒有比「開山撫番」更重要的事。因為開山撫番把台灣由「原漢番分離分治的兩個台灣」（見頁2圖）變成一個台灣。原漢關係因而急遽惡化。在我的觀點，那是漢人軍隊進入原住民疆界，正式「國家侵略」原住民之始。

在一九六〇以後，則因為老兵與原住民的大量通婚，竟意外使原漢關係得到舒緩。大陸籍軍人在台灣原漢關係裡，冥冥之中扮演了相當重要的角色。

「開山撫番」的緣起卻是歷史的偶然：一次偶然的美國人船難加上一次偶然的

琉球人船難。

我這「花系列三部曲」就是以「開山撫番」為主軸的台灣史小說。

三部曲的第一部《傀儡花》是「開山撫番」的前傳。一八六七的美國人船難，讓台灣原住民開始接觸到國際勢力，也因此國際強權開始覬覦原住民的世界。

第二部《獅頭花》，是「開山撫番」的本傳。洋人野心家或國際江湖浪人李仙得，藉日本人之手意圖實現其對台灣原住民地區的領土野心，到瑯嶠牡丹社來攪局未成。結局卻出乎大清及日本的意料之外，日本沒有得到台灣的寸土寸地，後來卻「意外」得到琉球主權（但二十年後還是擁有了台灣）。清國「意外」而「被動」地對原來「治理不及化外之地」的台灣原住民地域，取得國際法上名正言順的領土權與治理權。這等於清日兩地區強權對區域小國及部落實施瓜分式利益交換[1]。這是原住民歷史的無奈，「開山撫番」政策因而展開。一八七五年的開山撫番之前，原漢之間本來是有疆界的，故曰「國家侵略」。反觀一六六一年鄭成功來到荷蘭東印度公司的台灣，鄭成功繼承荷蘭，與平埔原住民區域是沒有疆界的。兩種局勢有

[1] 二〇一九年六月八日，在福岡的「日本台灣學會年會」，也有日本學者提出這個「日本史轉型正義」的問題。

極大不同，不可相提並論。

《獅頭花》描寫了「開山撫番」第一戰，「瑯嶠」大龜文王國與清國淮軍在一八七五年的戰役。其影響迄今猶存，因為蔡英文總統正是台灣最早「原漢和解」，「大龜文王國」與「清軍」通婚的後裔。

而本書第三部《苦楝花》，是開山撫番的後傳，寫清軍在後山侵略台灣原住民地區的暴行。「開山撫番」第二十二年，就因台灣割讓給日本而告一段落，而因此，這本《苦楝花》也自一八七四寫到一八九六為止。我描寫這二十二年中，後山因「開山撫番」而產生的衝擊。日本的「理蕃」總督佐久間左馬太，其實就是清朝「開山撫番」政策的延續者與完成者。

我依年代排列：

（一）〈奇密花〉一八七七奇密社事件

（二）〈苦楝花〉一八七八撒奇萊雅／加禮宛事件

（三）〈大庄阿桃〉一八八八大庄事件

在《福爾摩沙三族記》中，我寫下「為台灣留下歷史，為歷史記下台灣」。在這一部《苦楝花》，又再次印證。

就在本書即將附梓之際，正好《典藏台灣史》出版。這是一部買得起書的台灣人家庭都應該擺在家中的一部書。在詹素娟教授所寫的第二部〈台灣原住民史〉中，第五章的標題「從界外樂土到國家遭逢」正是勾勒了開山撫番後「後山」原住民命運的劇變。詹教授隨後也列舉也「開山撫番」後，後山的三大事件：

（一）加禮宛事件

（二）大港口事件

（三）大莊事件

本書的三篇作品正好呼應這三個事件。所以我的這本小說等於為詹素娟教授在書中的文字做了註腳。

首先，我是依年代排的，所以一八七七年底及一八七八年年初的大港口事件，我放在本書的第一部。我稱之為「奇密花」。因為如詹教授所說，這個大港口事件的「肇因」及「肇事者」，其實始於奇密社。但因為後來的殺戮戰場主要在海岸的「阿綿」、「納納」兩社，結果傳述迄今「奇密社」，名稱慢慢被遺漏，被遺忘而不見於各個流傳的版本了。再加上後來奇密社在日本統治昭和年間被改名為「奇美村」，兼又奇美村交通又不便，知名度不高，這段歷史更是幾乎失傳了。我在奇美村的文物館就看不到任何一個有關大港口事件的記載。我深信，現年六十歲以下，出身奇美村的人也不是很清楚。

如果我不是在二〇一六年七月二十四日神差鬼使去了奇美村，在展覽館的牆壁上見到了日本時代「奇密公學校卒業紀念（昭和十年一九三五）」、「奇美公學校卒業紀念（昭和十六年一九四一）」兩種不同稱呼的照片並列，我也沒有聯想到原來奇美村就是奇密庄就是奇密社。如今奇密變奇美將近八十年了，可能會再過一、二十年，連這裡的居民都不知以前這裡叫做「奇密社」。於是「奇密社」與「大港口事件」就會慢慢脫節，而完整的大港口事件歷史概念也會因此喪失。希望我的〈奇密花〉可以幫忙奇密社把這一段歷史保留下來。

本書的第二部是〈苦楝花〉，這是本書的書名，文字篇幅也最多，相當於詹素娟教授的「加禮宛事件」。這是詹教授與我的「一個事件，兩個觀點，各自表述」。詹素娟教授的博士論文是《噶瑪蘭人的歷史變遷》，因此在加禮宛／撒奇萊雅事件中，她以加禮宛事件稱之。在《台灣原住民史》書中的「加禮宛事件」文字，也未提及撒奇萊雅。而我則因為個人際遇的關係，偏好「撒奇萊雅」觀點。

我記得很清楚，二〇一五年九月，我在東華大學擔任駐校作家時，有一次在火車上見到了一篇報導撒奇萊雅已故的李來旺校長，講述當年清兵火燒撒奇萊雅的部落達固部灣，出降的大頭目夫婦Pazik和伊婕．卡娜少被清軍虐殺的繪畫，心中非常震撼。（見第九頁照片）因此我是從Sakizaya方面進入了事件的探索。

在二〇一五年的下半年，我一直追尋著撒奇萊雅人的悲壯故事細節。雖然撒奇萊雅已在二〇〇七年正名成功，李來旺校長更早在二〇〇三年已逝世，但人數只剩下九百人，大都在花蓮，我又在台北，真不知道去何處認識「撒族耆老」？然而，上天的安排，不可思議的機緣，二〇一六年一月十九日我隨衛福部的朋友去參觀台北的一家幹細胞公司，那天我神差鬼使地穿了一件太魯閣朋友送我的原住民背心，結果幹細胞公司的老闆一看到我以後，對話如下：

「我們這裡也有一位原住民員工。」

「是哪一族的？」

「是……撒—奇—拉—雅」很繞口的說完。

我有如觸電，馬上要求老闆介紹。

一位有些像金城武，高大帥氣，也有些憨氣的壯漢出現了（看不出竟是台大農化所的博士，不是行政人員喔，是與我生醫方面的同行，且是公司高層。）

「請問你認識李來旺校長嗎？」

「那是家父！」

這次我是被雷打到。天下竟有這樣的事。上天怎麼對我這麼好，當然留下合照。更奇妙的是，我剛好在書包中放了一本剛出版三週的《傀儡花》，於是成為見面禮。從我開始寫《獅頭花》開始，屢屢在我身上出現這種奇緣。我不能不相信祖靈與鬼神。

第二天，我收到了帝瓦伊．撒耘 Tiway Sayum（李來旺校長的族名）基金會寄來的，台灣市面上有錢買不到的，有關撒奇萊雅的文化的書籍。而且，這位「一樣（伊央 Yiyang）先生」是個大畫家，本書的封面就是他的傑作。在那天之後，我幾乎成了撒奇萊雅的一份子，甚至有了「Mayaw」的原住民名字。

本書中，末日之日、末日前一天、末日前二天、末日前三天，Pazik 所唱之詞句，有一部分其實是李來旺的祖母 Lutuk Sayum 口述後，由李來旺寫下。這些文字太神聖了，我將之一字不改運用到書內的，特此說明。

說到「撒奇萊雅」和「達固部灣」，國人絕大多數會覺得很陌生。今花蓮慈濟大學就是當年達固部灣部落之地，慈濟門口還有一條「達固部灣大路」。但我想連慈濟上下，知道這段歷史的也很少。花蓮「奇萊」平原則因「撒奇萊雅」而得名。近在身邊的歷史，卻覺得遠在天邊，這就是台灣國民歷史教育訓練不足的結果。

加禮宛則在今花蓮機場附近，「嘉里路」乃由「加禮宛」而來。我很希望當局能恢復為「加禮宛路」。民眾對歷史的認識脫節，一方面則是政府有意無意之間濫改地名的結果。

本書的第三部是〈大庄阿桃〉，以一八八八年的大庄事件為主題。大庄事件是縱谷的客家、平埔及卑南原住民一起奮起反抗「開山撫番」。清政府大為震驚，竟然還派了北洋艦隊鎮遠艦與靖遠艦來幫忙鎮壓。既名為大庄事件，最主要「肇事者」當然是大庄人。一八八八（光緒十四年）的大庄（今花蓮富里鄉東里村），是台南、高雄泛西拉雅族（西拉雅、馬卡道、大武壠）中的大武壠族或「大滿族」，在乾、嘉年間所遷徙過去，是漢族移民所造成的原住民島內遷徙。

我也是在一個奇妙的場合，竟然認識了一位正宗大庄人。那是二〇一〇年夏天，我在四川旅遊偶然經人介紹同團的台東大學教授林清財。當初以為只是萍水相逢，而且二〇一〇年，我還不知道「大庄事件」，也沒想到有一天會寫到大庄事件。

幾年後再度相逢，才知道他的特殊背景。他雖是「音樂系教授」，卻是原住民文化的活字典。我實在太幸運了。

因此，本書的出版我要感謝林清財教授，他帶我到大庄，然後帶我沿著劉德杓在一八九六年的逃亡路線遊歷。

我也要感謝伊央．撒耘先生。他帶我去撒奇萊雅的火神祭，帶我去他曾祖父、曾祖母在一八七八年帶領撒族兒童所到的水璉尾。在水璉他故居的牆上，我看到了曾祖母Lutuk Sayum及祖父Tuku Tiway的照片，非常感動。他也載我到了馬立雲。

我也要感謝三十多歲就成為東華大學傑出校友的Sayum Vuraw（撒韵．武荖）。在一次的原住民文學會議中，Sayum上台時，我以為我會聽到原住民文學，結果聽到的是她的族群認同及投入撒族正名運動的過程。我坐在聽眾席，毫無心理準備地再度接受了一次震撼。我也要感謝伊央的哥哥督固（Tuku），本文有一些圖是他畫的。認識了他們三人及政大民族所陳俊男博士，當時我很自豪說，我大約已認識兩百分之一撒族人了。

撒族的故事，其實我去年就寫了，但自己覺得不滿意。因為撒奇萊雅人的故事太悲壯太神聖，感覺上不容修改，但不修改覺得不像小說。於是我不自量力，重新以莎翁的劇本形式改寫，也算是對自己的挑戰吧。

至於「大港口事件」、「大庄事件」則以〈奇密花〉、〈大庄阿桃〉，短篇小說方式來描述。我非常佩服司馬遼太郎的歷史短篇小說《幕末》及藤澤周平的《隱劍孤影抄》與《黃昏的清兵衛》，因此東施效顰一番，也算是我個人作品風格的一個突破。

在寫這三本小說的過程中，除了唸書、踏查，我有機緣參與了原住民文學會議，也有幸能與不少原住民為友，接觸到原運人士。我有很深的幾點感觸：

一、台灣是「漢字文明」與「南島文明」既多元又融合的一個很特別的國度。「所有的南島族都說英文，只有台灣的南島族群說中文」，這是原住民作家撒可努在參加南島會議後的重要感想。

二〇一八年十一月十七日，台灣原住民族文學國際研討會，也揭示了「和而不同」的標語，是台灣原住民文學，原漢關係的重要標竿。

因為台灣的特殊歷史，移居台灣的南方漢人，與台灣原住民的通婚極其普遍，事實上我們這一代已成為地球上獨一無二的，具有漢人、百越、傣侗及南島語族血緣的「台系漢人」。台灣也成為世界上獨一無二，具「漢字文化」與「南島文化」

的文化混合體。

這樣的族群與文化獨特性，反而台灣之外的海外「華人」看得最清楚。最近馬來西亞人黃明志的〈鬼島〉，歌詞描述台灣以「娜魯灣」串穿全曲，而歌詞：

太平洋的小島人口兩千三百萬，
島上有人講閩南
有娜魯灣
在山上國語和文字都來自對岸
女生講話嗲嗲軟軟
……

這點出了台灣族群共處，及島上漢人被娜魯灣的潛移默化，已經形成一個獨特文化島嶼！

我也常常強調，一八七五年之前來台的漢人移民，與二〇〇〇年左右居住在台灣的漢人，血緣上已從南方漢人變為台系漢人，因此我其實很希望以「白浪」來形容過去的「白浪（paylang，歹人）的在台後人」。一八九五年在台的至少萬名湘軍及廣東軍，後來也有許多滯留台灣，成為台灣人祖先。我也以〈大庄阿桃〉試圖說明這一段台灣史。

〈大庄阿桃〉其實有所本。有位台灣史學者曾經告訴我，他的母系是西遷的平埔，父系是乙未戰爭後，無法回鄉而流落在台灣東部民間的清軍。台灣的「先民」不是只有「閩」、「粵」移民而已。

而一九四九年也讓台灣漢人除了閩、粵之外，有大江大海的各式漢文明注入，例如四川牛肉麵、山東饅頭、雲南過橋米線等；也有非漢之華人文化（滿、蒙、回、藏）注入，而讓台灣文化有更多內涵。而一九九五以後，又有新台灣之子的東南亞文化注入，更是豐富了台灣文化的內涵。台灣就是這幾十年來塑造成為既多元又獨特，聯合漢字文明及南島文明的海洋國家的內涵及形象。

我在寫這些小說及文章的過程中，也深深體會到南方漢人與南島族群先天DNA／後天環境與制度的不同，造就了個性的不同，也造就了價值觀的不同。這也是雙方格格不入易有衝突的緣由，也可以用來解析過去的原漢歷史。

例如本書書名「苦楝花」就是一例。苦楝花是很漂亮的花，但因為有了一個不祥的諧音，「苦楝」如同「可憐」或「苦難」。又有傳說中朱元璋尚未成為皇帝時，曾經對苦楝花下過咒語。因此漢人對「苦楝」一般沒有好感。但在原住民眼中，苦楝花美麗，苦楝的樹幹可以驅蟲，是好建材，因此喜歡苦楝。更有趣的是，日本人也喜歡苦楝，視之為「台灣的櫻花」。因為苦楝的花型及花季與櫻花有些相似，因此日本總督在台灣南部遍植苦楝花，台南州知事官邸就以苦楝樹而聞名。苦楝花在阿美語及撒奇萊雅語接近，Bangas及Vangas。因此我把書名訂名「苦楝花Bangas」，以彰顯原漢價值觀之不同。

二、原漢關係的重要性絕不亞於兩岸關係。

一九八七年台灣解嚴之後，原運蓬勃展開，台灣社會慢慢反省原住民長期遭受壓抑之不公義，原住民權益漸受尊重。三十年來，原住民地位已有大幅改善，但不可諱言的，台灣的原漢關係，到二〇一六年八月一日蔡總統正式向原住民道歉以前，一直不是全國性議題。換句話說，一直未被重視。

傳統漢人的教育是競爭及擴張主義，而原住民是「分享」，於是原住民遇到漢人就吃了大虧。加上漢人有文字，原住民沒有文字，於是文字成了醜化原住民及壓榨原住民的幫凶。瓦歷斯．諾幹（Walis Nokan）最近也提到一點，原住民沒有法律，卻有規範。因為無「法」，所以沒有「犯罪」的概念。而規範只是讓人走上祖靈正確的道路，所以不但好處（如獵物分享）共享，連罪責也共負。「共負罪責、榮譽」，這樣的觀念在漢人是匪夷所思的。所以原漢必須互相了解，互相尊重。

其實價值觀會改變的。過去台灣漢人譏嘲原住民只會喝歌跳舞；現在，白浪很羨慕原住民唱歌跳舞的藝術天賦。過去，台灣漢人看不起原住民；現在，白浪很以自己的原住民血緣為傲，希望自己是個「熟漢」，要「返來作番」。這應該是好的發展。特別一九七〇年代以後，台灣在聯合國「中國代表權」的表決下退出聯合國，台灣既然不能代表「中國」，與中國分道揚鑣，台灣人反而從此在教育上與思考上慢慢脫離了中國與漢文化的束縛。在一九八七年未解嚴之前，台灣人尚處於「大中國文化」的醬缸內。要等一九八七年解嚴之後，台灣人包括原、漢，才分別開始尋找自己族群在地球上的定位。

正好台灣本土文化確實與中國文化有相當大的差異。且不用說到南島文化不被重視，連漳、泉、客文化，例如台語、布袋戲在解嚴之前，也被極度輕蔑及壓抑。解嚴後，本土文化意識才釋放出來。更巧的是，二〇〇〇年以後，「台灣原住民是南島語族的祖先」已成世界共識，於是更增加台灣原住民的自信。

更重要的，解嚴以後台灣的風潮為「多元」、「平等」、「和而不同」。相反的，對岸則因文革及專制之延續，表面上是「中華民族」，實際內涵仍然是傳統漢族擴張張主義。也因此在台灣，我們看到由一九八七「認同的污名」到三十年後二○一七「後認同的污名的喜淚時代」，以及二○一九「野蠻的復權」，而對岸則是反而更倒退，對維吾爾人實施集中營式管理。

總之，台灣是多元加上快樂、自然的融合；對岸則是漢族單元加上強制的融合，其思維及價值觀之差別，不可以道里計。當兩岸距離愈來愈大的時候，台灣原漢之間的距離則愈來愈小，互動愈來愈多。原住民文學在世界上的重要性愈來愈突出。原漢的歷史觀正被重新省視。台灣內部原漢關係的重要性自然也應大於價值觀愈來愈分歧的兩岸關係。

台灣原漢關係最可惜的是，原住民的人口太少了，只剩下二千三百萬人的二・四％。許多人在生活圈內接觸不到原住民，因此偏見就一直存在。如果台灣像紐西蘭一樣有十五％人口是毛利原住民，我想會很不一樣。新台灣之子是一個更大的考驗，這些人是台灣實施南向政策的寶貴資產，可以深化漢字文明與南島文明的結合。

台灣近年來台灣的第五族群「新台灣之子」的大量出現，更加深台灣是漢字文明與南島文明「綜合體」的實質及自省。而在歷史上這個「漢字文明」與「南島文明」的接觸，雖非一八七五始，但一八七五的「開山撫番」，卻絕對是一個關鍵。漢人對原住民的大規模征戰殺戮始於一八七五，至於漢人與平埔之間的衝突則遠不如一八七五之後原漢衝突的血腥。往者已矣，移民社會的歷史，都有血腥的過去，而最後的精髓是雙方的和解與移民者的感恩。

因此，自二〇一七年以後，我一直想推動「台灣感恩日」或「台灣感恩節」，表示台灣移民後代對這塊土地原始主人的感恩。有關「台灣感恩節」請見另一篇拙文。

後記

# 請訂立「台灣感恩節」

假如我是立法委員，我會推出這樣的一個提案。

提案：訂立「台灣感恩節」，日期訂為每年五月的第二個星期六（即現行母親節的前一天）。

說明：台灣是移民社會，已是不可逆轉之事實，因此「原漢關係的重要性，決不亞於兩岸關係」。台灣經過四百年的不可承受之輕與不可承受之重，大多數的家庭，都已流著多元族群混合的血。包括一八九五年之前來到的漳、泉、廈及客家移民，包括一九四九年來到台灣的一五〇萬大江大海人士，也包括近一、二十年來起程自東南亞的新住民。訂立「台灣感恩節」，可以宣示台灣「多元族群、多元文化、族群共榮，和而不同」之社會共識，並向四百年來接納各路移民的台灣原住民族表達感恩之心及最高敬意。

移民的後代，衷心感謝原住民族的包容接納，是天經地義的事。原漢之間，經過百年磨合，「多元族群、多元文化、多元史觀」已成為台灣獨特而寶貴的資產。因此，「台灣感恩節」的正式立法，可以抹平移民社會的歷史傷痕，並進一步宣示「族群共榮，和而不同」的精神。

## 宣示族群共榮精神　抹平移民歷史傷痕

過去數百年來統治台灣的荷蘭、明鄭東寧、大清、日本及民國政府，由於無知與偏見，認為台灣原住民族是無文之「番」或「蕃」。正好與此相反，目前國際上對台灣原住民族有極高的評價。台灣原住民族在五千至三千五百年前的「出台灣記」，造就了今天東起南美復活節島，西至非洲馬達加斯加，橫跨太平洋及印度洋的南島語族，成為全球讚嘆的「台灣帶給世界的禮物」（Taiwan's gift to the world）。此後，台灣原住民族在這個島嶼上過了三千年與世無爭的歲月，建立了他們獨特的與大自然完全結合的文化與價值觀。

然而，在十七世紀大航海時代之後，台灣原住民族再也無法遺世而獨立。台灣開始進入長期而多階段的移民時代。一八七五年的「開山撫番」政策，導致原住民族遍嘗了「你的篳路藍縷，我的顛沛流離」的心酸，遭受了「家園被占，棄鄉遷徙」的痛苦。

另一方面，來到台灣之漢人移民，卻也大部分是為大局所迫掙扎的失敗者。如明清之際陷入絕境的明鄭部隊，清代生活無著的閩粵羅漢腳，一九四九年因山河變色而離鄉逃難的國府官兵。不幸的是，族群的不平等依舊，對原住民族的欺凌依舊。

弱勢的移民，為了生存來到台灣，卻成了強勢的迫害者，這是台灣歷史的無情與無奈。在那弱肉強食的年代，移民與原民，都是上天的芻狗。

## 重建原民史蹟、古蹟　讓後代省思感恩

所幸經近代思潮之洗禮及原運之衝擊，讓台灣社會普遍覺醒。今日台灣社會，重視人權、尊重少數、扶助弱勢，已成共識。原住民族的價值普受肯定，原住民族

文化普受讚譽，原住民族史觀漸受尊重。社會大眾也體會到，若就母系的血脈追溯，島民之族群結構比例，南島系不在漢藏系之下，而醒悟到以前獨尊父權主義及漢族中心思想是荒謬的。台灣社會已不再像過去，不合理地抹去母系一方的認同，而只朝向父系的、漢系的認同。二〇一六年，總統蔡英文代表中央政府向原住民族道歉，並成立「原住民族歷史正義與轉型正義委員會」。

但我們認為，只有「原住民族日」（八月一日），只有總統的道歉，是不足以撫平歷史的傷痕與歉疚。我們希望透過「台灣感恩節」的立法，表達台灣所有世代，不同來源的移民，對台灣原住民族的感恩。二〇一八年的原住民族國際文學會議，也揭示了以「和而不同」來期許未來的原漢關係。我們選在母親節的前一天，因為台灣這塊土地是我們的母親；台灣人民的母系，也大半流著原住民的血緣。在台灣感恩節，我們不是去吃火雞、不是放假，而是利用週六休假去彌補了解原住民族的歷史與文化。我們期待台灣各學校及移民者的家庭，帶著學生或家人，回到過去的原漢衝突之地，去瞻仰、去沉思、去感受、去反省、去感謝原住民族。

當然，政府必須去重建原住民族的史蹟、古蹟，編纂各原住民族歷史、原住民族文化習俗、命名方式等，讓台灣移民後代，能更了解各原住民族文化的內涵。而移民的後代，則必須返身自視，回應自己的身世，以及台灣的身世。

台灣既是移民社會，自今而後，請讓國際認識「多元族群、多元文化、多元史觀」是台灣的特色，「族群共榮，和而不同」是台灣的理想。讓國際知道，台灣有一個全體移民後代對原住民族的感恩節，而時間訂在母親節的前一天，因為台灣原住民族就是台灣大多數人共同的母親。我們期待「台灣感恩節」成為政府立法、頒布的正式紀念日，自二〇一九年開始。

（本文發表於《財訊》雜誌第五七二期）

文學叢書 601

# 苦楝花 Bangas

| | |
|---|---|
| 作　　者 | 陳耀昌 |
| 總 編 輯 | 初安民 |
| 責任編輯 | 宋敏菁 |
| 美術編輯 | 林麗華 |
| 校　　對 | 陳耀昌　宋敏菁　陳健瑜 |

| | |
|---|---|
| 發 行 人 | 張書銘 |
| 出　　版 | INK 印刻文學生活雜誌出版股份有限公司<br>新北市中和區建一路249號8樓<br>電話：02-22281626<br>傳真：02-22281598<br>e-mail : ink.book@msa.hinet.net |
| 網　　址 | 舒讀網http://www.inksudu.com.tw |

| | |
|---|---|
| 法律顧問 | 巨鼎博達法律事務所<br>施竣中律師 |
| 總 代 理 | 成陽出版股份有限公司<br>電話：03-3589000（代表號）<br>傳真：03-3556521 |
| 郵政劃撥 | 19785090 印刻文學生活雜誌出版股份有限公司 |
| 印　　刷 | 海王印刷事業股份有限公司 |

| | |
|---|---|
| 港澳總經銷 | 泛華發行代理有限公司 |
| 地　　址 | 香港新界將軍澳工業邨駿昌街7號2樓 |
| 電　　話 | (852) 2798 2220 |
| 傳　　真 | (852) 3181 3973 |
| 網　　址 | www.gccd.com.hk |

| | |
|---|---|
| 出版日期 | 2019 年 6 月 28 日　初版<br>2021 年 8 月 26 日　初版六刷 |
| ISBN | 978-986-387-302-0 |

定價　300元



國家圖書館出版品預行編目資料

苦楝花 Bangas／陳耀昌著 .--
初版．--新北市中和區：
INK印刻文學，2019. 06
面；14.8 × 21公分. --（文學叢書；601）
ISBN 978-986-387-302-0（平裝）

863.57　　108009519

舒讀網